John Steinbeck

La perle

Lecture accompagnée par
Sophie Doudet
agrégée de lettres modernes
enseignante à l'IEP d'Aix-en-Provence

Traduction de
Renée Vavasseur
et **M[illegible] Duhamel**

La bibliothèque Gallimard

Florilège

«Kino ouvrit les yeux et fixa tout d'abord le carré lumineux que dessinait la porte, puis la caisse suspendue où dormait Coyotito.»

«Est-ce que vous avez de l'argent pour payer les soins ? »

«Dans ce Golfe à la lumière trompeuse, l'illusion était plus fréquente que la réalité.»

«C'était la plus grosse perle du monde.»

«Mon fils saura tracer les chiffres et tout cela nous rendra libres, car il aura la connaissance des choses et à travers lui nous l'aurons aussi.»

«Les doigts de l'acheteur appliquèrent une petite pichenette à la perle qui bondit et rebondit doucement sur le plateau de velours.»

«Kino, cette perle, c'est le malheur. Détruisons-la avant qu'elle nous fasse périr.»

«Cette perle est devenue mon âme à présent, répondit Kino. Si je l'abandonne, je perds mon âme.»

«Et tout à coup, son esprit brusquement délivré de la rouge obsession reconnut le son – le cri déchirant, sanglotant, hurlant, inhumain qui provenait de la petite grotte au flanc de la montagne rocheuse, le cri de la mort.»

«Et la musique de la perle s'estompa, ne fut plus qu'un murmure et se tut à jamais.»

Ouvertures

Avant d'entrer dans *La Perle*

Pourquoi lire *La Perle* ?

Que peut-on attendre de *La Perle* ? Que va-t-on lire ? Quelle histoire ? Quel enseignement va-t-on en tirer ? Quel plaisir va-t-on y trouver ?

La découverte d'un livre se présente toujours comme la rencontre avec des êtres de papier, les personnages ; comme la découverte aussi d'un être de chair, l'auteur ; comme l'exploration d'un monde imaginaire pourtant très proche du nôtre. Entre les lignes de *La Perle* se croisent des destinées multiples qui n'existeraient finalement pas s'il n'y avait un lecteur pour leur insuffler la vie.

Un titre, une couverture, un nom d'auteur connu ou inconnu… et vous voilà déjà presque aux côtés de Kino, à la recherche de la perle.

Autour du titre

Le titre est court ; il accroche le regard, suscite l'intérêt. Il suggère l'aventure, une quête, la recherche d'un trésor, la découverte d'un objet extraordinaire. L'emploi de l'article défini nous permet d'imaginer que cette perle-là est unique, singulière, par sa dimension sans doute, par son pouvoir peut-être. La perle sera probablement le « personnage » principal du récit à venir car elle n'appartient à personne. D'autres titres nous permettent de comprendre : *Le Trésor de Rackham le Rouge, L'Île au trésor, La Jeune Fille à la perle*, autant de titres qui font allusion à un objet précieux mais toujours conçu dans une relation de possession. La perle, elle, est seule, déjà vivante, personnifiée.

On rêve déjà au combat pour conquérir ou conserver l'objet, à son pouvoir et à la richesse qu'il confère, au destin peut-être qui se dessine, si l'on sait qu'une perle peut mourir et qu'elle perd alors toute valeur. On peut aussi songer à ce qu'on connaît de la perle en tant qu'objet : l'étymologie du mot nous apprend que le terme provient du latin *pernula* ou *perna*, qui désigne à l'origine la jambe ou la cuisse du porc. C'est par analogie* qu'on a appliqué le mot à un coquillage, puis par métonymie* qu'on a désigné l'objet situé à l'intérieur de celui-ci. Par sa brillance et par sa blancheur, la perle est le bijou féminin par excellence : il symbolise, dans les tableaux de la Renaissance, la virginité de la future épouse. Parfois c'est une perle gigantesque que l'enfant Jésus tient dans sa main comme symbole du monde sur lequel il règne. Il s'agit alors de la « Perle du Monde », expression biblique que Steinbeck avait tout d'abord pensé prendre pour titre de son roman. Enfin le titre nous donne de potentiels indices sur le futur décor du récit : on pêche les plus grosses perles soit en Asie, soit dans le golfe de Californie. L'ancienne capitale de la perle y était La Paz.

Et la couverture ?

Belle et nacrée, ronde comme une lune, la perle vous a attiré sur la couverture et vous a donné envie de vous en emparer en lisant son histoire. Elle brille, énorme sur son fond blanc, et vous cherchez dans ses reflets irisés les indices du récit à découvrir. Elle semble pure, sans tache, pourtant des détails vous intriguent peut-être : ce point qui aveugle en son centre, ces discrètes ombres que la blancheur du fond révèle et qui nuancent sa clarté première. Voilà qui vous suggère déjà que les premières impressions ne sont peut-être pas les bonnes, et la pureté se nimbe alors de mystère.

Quelques indices supplémentaires nous sont donnés par les éditions de poche précédentes de *La Perle* chez Gallimard, en 1973, en 1993 ou en 2005 dans une autre collection que la Bibliothèque Gallimard.

La comparaison est intéressante parce qu'elle sollicite l'imaginaire en multipliant les attentes de lecture et parce qu'elle révèle également la diversité des accroches éditoriales pour une seule et même œuvre. Un

* Les mots signalés par un astérisque sont définis dans le glossaire, p. 183.

La couverture de la collection Folio de 1973...

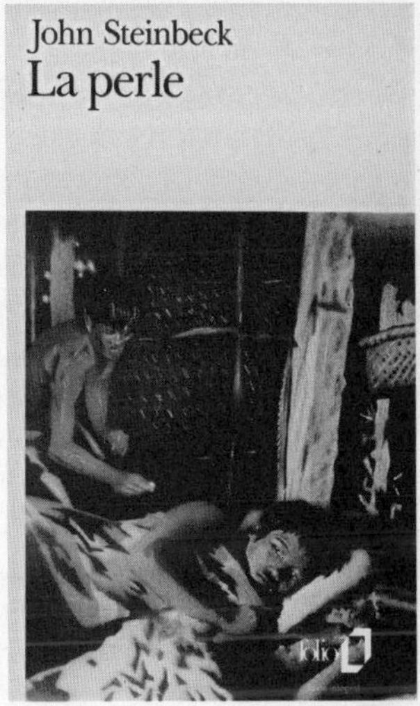

... celle de 1993...

... et enfin celle de 2005.

avant-goût sans doute de la variété des interprétations possibles du roman.

Décor, personnages et objets – L'édition de 1973 se veut allégorique : il n'y a pas d'indication de paysage mais une huître énorme, imaginaire puisqu'elle contient trois personnages à la place où on aurait dû trouver la perle, occupe l'essentiel de la page. Les trois personnages sont dessinés de manière naïve, sans réelle perspective, le teint basané, habillés d'un poncho, comme on peut l'être en Amérique latine. L'homme et la femme sont de profil et ils ont les traits simplifiés comme dans les codex* aztèques ou mayas. Ils contemplent, étonnés et fascinés, la perle énorme que l'homme tient dans sa main. L'enfant est nu et il nous regarde un peu comme dans les tableaux religieux où le Christ plonge ses yeux dans ceux du spectateur alors que les autres personnages l'observent ou se préoccupent d'autre chose.

L'édition de 1993 nous paraît plus réaliste, comme empruntée à une image de film coloriée. Le décor est tout autre mais pas très simple à identifier : on est dans un intérieur, apparemment pauvre puisqu'il y a peu de meubles et que les seuls objets repérables sont soit en osier soit en tissu (le panier situé en hauteur à droite et les draps). Le mur du fond a un aspect étrange : il laisse passer la lumière au travers de trous, il a une armature de barres qui s'entrecroisent et qui sont peut-être en bois. Il semble s'agir d'une hutte. L'ensemble donne une impression de chaleur : on est probablement dans un pays tropical ou équatorial, comme le confirme la couleur de peau brun foncé des personnages. Un changement notable intervient de même dans la représentation des personnages par rapport à la couverture précédente : il y a toujours un homme mais il est très jeune et fait semblant de dormir, les yeux ouverts et manifestement inquiet. Un autre homme s'est en effet introduit dans la hutte et son visage grimace. Il vient de voler quelque chose, qui brille dans sa main : la perle est à peine visible. En bas à droite, il semble y avoir un autre personnage, non identifiable, couché lui aussi.

Enfin, la couverture de 2005, toujours dans la collection Folio, est la plus singulière de toutes dans la mesure où elle ne fait pas apparaître la perle. Il s'agit d'un tableau de Thomas Hart Benton. Le décalage se ressent immédiatement même si on n'a pas encore lu le récit. Ici, l'atmosphère est privilégiée : on retrouve le paysage maritime et exotique, mais les personnages sont plus nombreux et paraissent heureux. Des enfants se baignent, des femmes s'activent autour de paniers, des hommes, torse nu, apportent de l'eau ou du bois. On pourrait penser qu'il s'agit de naufragés mais on voit qu'ils ne travaillent pas, semblent insouciants et portent des vêtements de loisir. On pense davantage à un pique-nique, c'est d'ailleurs le titre du tableau. La mer seule rappelle le titre de Steinbeck. La perle n'a peut-être pas encore été trouvée, on serait alors dans la situation initiale.

Quelles attentes se dégagent de ces couvertures ? – L'édition de 1973 possède probablement la couverture qui suscite le plus de pistes de lecture : l'allégorie*, l'esthétique naïve du dessin, les présences conjuguées de l'enfant et de la perle sur lesquels se focalise l'attention, l'huître géante qui, à la fois, protège et enferme, sollicitent le regard et l'intérêt. La perle est-elle maléfique ou source de richesses ? La famille restera-t-elle unie ou bien sera-t-elle brisée par l'objet merveilleux ? L'édition de 1993 est plus dramatique ; elle suggère des sentiments (la peur, l'angoisse) et elle oppose à la fixité de l'image précédente la tension du mouvement. L'univers est partagé entre l'ombre et la lumière, le rouge et le jaune. Dans un décor aussi dépouillé, où tout semble faire signe, on s'interroge sur la présence du panier en hauteur : il suggère à la fois l'absence et la présence : c'est une ellipse dont il faudra se souvenir à la fin du roman. La dernière édition répond, quant à elle, à d'autres enjeux éditoriaux et ne cherche pas véritablement à faire entrer le lecteur dans l'intrigue. Elle se réfère à un lectorat cultivé, qui aime la peinture. Elle crée une atmosphère paradisiaque : l'instant est éternel et il se dégage une harmonie entre les hommes et la nature. En ce sens, si le tableau de Benton n'illustre pas *La Perle*, il suggère que là n'est pas l'essentiel ; peut-être que la perle n'existe pas, peut-être que l'intrigue compte moins que ce qui va nous être dit sur les hommes et leur univers.

Un roman dans l'œuvre de Steinbeck

La Perle est un roman unique, qui s'inscrit pourtant dans la continuité d'une œuvre et se fait l'écho de la vie et des conceptions de son auteur.

Peut-être avez-vous lu *Le Poney rouge, Des souris et des hommes*? Peut-être avez-vous vu au cinéma les films adaptés des romans de Steinbeck : *À l'est d'Eden, Les Raisins de la colère*?

Une enfance modeste et proche de la nature

Entre la ferme et l'école – Steinbeck naît en 1902 en Californie, à Salinas, région dans laquelle se déroulent nombre de ses grands romans. Dès son enfance, le futur écrivain est plongé dans un milieu qui est en partie décrit dans *La Perle*. Sa famille est d'origine modeste, mais elle lui procure l'accès, capital, à la culture et au savoir, qui lui permet de progresser dans la société et de conquérir son indépendance. Le père de John est fermier et s'occupe de politique au niveau local (il est trésorier du comté de Monterey). Sa mère est institutrice à Big Sur et lui ouvre les portes de la lecture. On peut penser que les relations que le jeune Jody, héros du *Poney rouge*, entretient avec ses parents empruntent aux souvenirs d'enfance de Steinbeck : l'enfant admire et craint tout à la fois son père, très exigeant et parlant peu. Jody a moins peur de sa mère, plus tendre malgré une apparente rudesse. Comme Jody, John est un peu distrait à l'école et s'occupe avec plus d'intérêt du bétail et des travaux agricoles. Il est donc dès son plus jeune âge confronté aux conditions de vie précaires des travailleurs de la terre, et constate l'harmonie primitive des hommes et de la nature malgré la pauvreté et les difficultés économiques.

La ville monstrueuse – Cet amour de la nature se confirme dans ses années de formation : lorsqu'il se rend à l'université de Stanford, en 1920, il n'y suit qu'épisodiquement l'enseignement, à l'exception des cours de biologie marine. Il n'est jamais diplômé, mais il a l'impression d'apprendre davantage lors de ses séjours estivaux à Salinas, où il travaille dans les fermes aux côtés des ouvriers agricoles mexicains ou des pêcheurs italiens. Sans doute la conscience politique de Steinbeck naît-elle là, au milieu des exploités : elle nourrira ses romans, dont certains retracent les révoltes des pauvres contre les riches (*En un combat douteux* mais aussi, d'un certain point de vue, *La Perle*). De plus, Steinbeck comprend mieux quelle est véritablement sa relation à la nature californienne lors de ses exils dans les villes. Si Stanford ne l'éblouit guère, New York l'effraye par son gigantisme et l'injustice sociale qui y règne. Il s'y rend en 1925, après avoir abandonné ses études pour y devenir reporter et, plus secrètement, écrivain. Engagé par le journal *American*, il est contraint, pour survivre, d'effectuer plusieurs autres métiers comme celui d'apprenti peintre, de maçon, d'ouvrier et de chimiste. Des expériences qui agrandissent sa connaissance des milieux défavorisés et populaires. En 1926, il est congédié et retourne en Californie. Quelles leçons a-t-il tiré de cette année ? Il a vu la ville, monstrueuse, avec ses nervures et ses organes, et compris combien il est difficile et cruel d'y vivre. Il a éprouvé le déracinement de celui qui quitte sa terre en rêvant de fortune, leurré par le mythe américain. Il a enfin saisi que sa vocation est l'écriture.

Naissance d'un écrivain

Du premier contrat... – Si tout lecteur ne devient pas écrivain, tout écrivain est né au milieu des livres, ceux qu'une mère peut offrir ou ceux qu'on découvre dans les bibliothèques d'universités. Déjà à Stanford, en 1924, Steinbeck avait publié deux courtes histoires. En 1926, en Californie, il se lance dans la rédaction de *La Coupe d'or*, récit d'aventures maritimes, qui paraît en 1929. C'est son premier contrat d'écrivain mais cela ne suffit pas à le faire vivre. Or, en 1929, l'Amérique est touchée par un terrible krach boursier et par l'entrée dans la récession économique.

L'année 1930 est un tournant dans la vie de Steinbeck. Il s'isole tout d'abord dans la High Sierra, où il vit seul au cœur de la nature. Il épouse ensuite Carol Henning, qui va l'initier à la philosophie politique de Marx. Il rencontre enfin le biologiste Edward F. Rickett, spécialiste des fonds marins, qui devient son ami ; on le retrouve à plusieurs reprises en héros de ses romans. On peut penser que c'est Rickett qui fait connaître à Steinbeck les théories de Darwin.

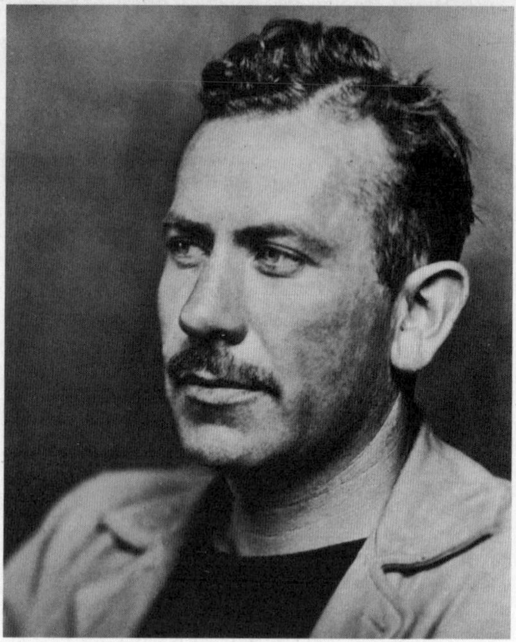

Portrait de Steinbeck (1935).

... à la notoriété publique – John continue d'écrire et commence à être reconnu par les milieux littéraires : il fait paraître en 1932 *Les Pâturages du ciel* et en 1933 *Au Dieu inconnu*. Prolifique sur le plan littéraire, la période de 1933 à 1935 est malgré tout marquée par la pauvreté : Steinbeck ne sait pas de quoi le lendemain sera fait et, installé à Pacific Grove, il passe des soirées entières avec des pêcheurs et des vagabonds. En 1935, il se rend au Mexique, futur décor de *La Perle*. La même année, le succès est enfin au rendez-vous : il écrit *Tortilla Flat*, qui est adapté au cinéma. En 1936, il rédige *En un combat douteux*, et c'est en 1937 que le roman *Des souris et des hommes* lui apporte la notoriété et la reconnaissance du public. Il se rend alors en Europe et travaille sur *Le Poney rouge*. À son retour, il a en tête un projet de livre sur la condition des travailleurs migrants et parcourt la Californie pour récolter des documents et des témoignages.

Le succès littéraire, la guerre et *La Perle*

Du Pulitzer... – En 1939, son projet de roman social aboutit avec la parution des *Raisins de la colère*, récit de la migration de travailleurs agricoles ruinés qui partent de l'Oklahoma en quête d'un emploi vers la Californie. Le succès est retentissant et se double de l'obtention, en 1940, du prix Pulitzer et d'une adaptation cinématographique, en 1941.

Mais déjà la guerre déchire l'Europe et Steinbeck a, peut-être par compensation, d'autres idées de romans et d'autres rêves de voyage. Il part ainsi avec Rickett en croisière scientifique dans le golfe de Californie pour collecter des échantillons. Il tire de cette expédition un récit, *Dans la mer de Cortez*, qui étend systématiquement la relation d'événements anodins ou de descriptions marines à une réflexion plus vaste sur l'écologie et sur la nature humaine. La lecture de ce texte fournit de précieux renseignements sur l'univers de *La Perle* et sur les conceptions du monde qui sont celles de Steinbeck à ce moment-là. On y retrouve ainsi les principaux éléments qui font le décor de *La Perle* (la faune, La Paz, les tribus d'Indiens non «civilisés» qui viennent rendre visite à l'écrivain en pirogues...) et surtout le cœur du scénario du roman, tiré d'une histoire traditionnelle. La voici :

« Un jeune Indien trouva accidentellement une très grosse perle, une perle incroyable. Il savait qu'elle avait une si grande valeur qu'il n'aurait plus jamais besoin de travailler. Grâce à cette unique perle, il avait la possibilité de se soûler aussi longtemps qu'il le voudrait, d'épouser n'importe quelle jeune fille et de donner à beaucoup d'autres un peu plus de bonheur. Dans cette grande perle résidait le salut de son âme, car il pouvait acheter à l'avance assez de messes pour se faire jaillir du purgatoire comme une graine de pastèque quand on comprime le fruit. Il pouvait, en outre, pousser plusieurs de ses parents défunts en direction du paradis. Il se rendit à La Paz avec sa perle dans la main et, dans son cœur, son avenir assuré jusque dans l'éternité. Il alla montrer sa

Histoire et culture au temps de John Steinbeck

	Histoire	Culture	Vie et œuvre de J. Steinbeck
1902	Grève des mineurs en Pennsylvanie. T. Roosevelt président (depuis 1901).	Gide : *L'Immoraliste*. London : *Le Peuple d'en bas*.	Naissance à Salinas (Californie).
1913	Révolution au Mexique.	Proust : *Du côté de chez Swann*.	
1917	Entrée des États-Unis dans la Première Guerre mondiale.	Satie : *Parade*.	
1919	Grèves, terreur rouge. Brutale inflation.	Fondation du Bauhaus à Weimar (Allemagne).	Diplômé de la Salinas High School.
1920	Débuts de la prohibition. Arrestation de Sacco et Vanzetti.	Gide : *Si le grain ne meurt*.	Entre à l'université de Stanford et suit des cours de biologie marine.
1921	Harding président des États-Unis.		
1924	Mort de Lénine. Lois discriminatoires sur l'immigration aux États-Unis.	Breton : *Manifeste du surréalisme*. Mann : *La Montagne magique*.	Deux nouvelles de Steinbeck paraissent dans le *Stanford Spectator*.
1925	Les Marines américains évacuent le Nicaragua.	Dos Passos : *Manhattan Transfer*. Scott Fitzgerald : *Gatsby le Magnifique*. Kafka : *Le Procès*.	Abandonne ses études et se rend à New York. Travaille comme reporter au magazine *American*.
1926	Intervention des États-Unis au Nicaragua.	Chaplin : *La Ruée vers l'or*. Eisenstein : *Le Cuirassé Potemkine*.	Retourne en Californie.
1929	« Jeudi noir » : krach boursier.	Hemingway : *L'Adieu aux armes*. Faulkner : *Le Bruit et la Fureur*.	*La Coupe d'or*.
1930	Crise économique dans tout le pays.	Faulkner : *Tandis que j'agonise*.	Épouse Carol Henning. Rencontre E. F. Rickett.
1932	Roosevelt président des États-Unis.	Céline : *Voyage au bout de la nuit*.	*Les Pâturages du ciel*.
1933	Hitler au pouvoir en Allemagne. Débuts du New Deal. Reconnaissance de l'URSS par les États-Unis.	Malraux : *La Condition humaine*.	*Au dieu inconnu*.
1935	Second New Deal. Lois raciales de Nuremberg.	T.S. Eliot : *Meurtre dans la cathédrale*.	*Tortilla Flat*. Voyage au Mexique.
1936	Roosevelt réélu. Guerre civile en Espagne.	Chaplin : *Les Temps modernes*.	*En un combat douteux*.
1937	Grèves aux États-Unis. Récession économique. Bombardement de Guernica.	Renoir : *La Grande Illusion*. Disney : *Blanche-Neige et les sept nains*. Picasso : *Guernica*.	*Des souris et des hommes*. *Le Poney rouge*. Voyage en Europe.
1939	Réarmement des États-Unis. Début de la guerre en Europe.	Fleming : *Autant en emporte le vent* (le film).	*Les Raisins de la colère*, roman qui sera adapté au cinéma par John Ford (sortie en 1940).

1940	Roosevelt est réélu.	McCullers : *Le cœur est un chasseur solitaire.* Hemingway : *Pour qui sonne le glas.* Chaplin : *Le Dictateur.* Huston : *Le Faucon maltais.*	Obtient le prix Pulitzer.
1941	Pearl Harbor. Entrée des États-Unis et de l'URSS dans la guerre.	Welles : *Citizen Kane.* Koestler : *Le Zéro et l'Infini.*	Part en croisière scientifique avec Rickett dans le golfe de Californie. *Dans la mer de Cortez.* **Projette d'écrire *La Perle.***
1943	Capitulation allemande à Stalingrad. Capitulation de l'Italie. Conférence de Téhéran entre Churchill, Staline et Roosevelt.	Sartre : *Les Mouches.*	Divorce. Se remarie avec Gwen Verdon.
1944	Roosevelt réélu une quatrième fois. Débarquement en Normandie et en Provence.	Sartre : *Huis clos.*	**Rédige *La Perle.*** Naissance de son fils Thomas. *Rue de la Sardine.*
1947	Plan Marshall. Truman président des États-Unis.	Williams : *Un tramway nommé désir.*	**Publie *La Perle.*** *Les Naufragés de l'autocar.*
1950	Guerre de Corée. Débuts du maccarthysme.	Ionesco : *La Cantatrice chauve.*	Scénario de *Viva Zapata* réalisé au cinéma par Elia Kazan.
1952	Eisenhower président des États-Unis.	Peintures de Pollock. Hemingway : *Le Vieil Homme et la Mer.*	*À l'est d'eden.*
1958	Débarquement de forces américaines au Liban.	Nabokov : *Lolita.*	*Il était une fois une guerre* (bulletins et articles de guerre).
1960	Premiers *sit-in* noirs aux États-Unis. Kennedy président.	Grass : *Le Tambour.*	Fait le tour des États-Unis avec son chien Charley.
1962	Crise de Cuba. Fin de la guerre d'Algérie.	Welles : *Le Procès.* Williams : *La Nuit de l'iguane.*	*Voyages avec Charley.* Obtient le prix Nobel de littérature.
1968	Intervention de l'URSS en Tchécoslovaquie. Assassinat de Martin Luther King. Les États-Unis s'enlisent au Vietnam.	Kubrick : *2001, l'odyssée de l'espace.*	Meurt à New York le 20 décembre.

perle à un courtier qui lui en offrit une somme si dérisoire qu'il se mit en colère, sachant qu'on l'escroquait. Il alla trouver un autre courtier qui lui en offrit la même somme. Après avoir rendu encore quelques visites, il finit par comprendre que les courtiers n'étaient que les multiples bras d'un seul cerveau, et qu'il n'obtiendrait pas d'argent pour sa perle. Il l'emporta alors à la plage et la cacha sous une pierre ; ce soir-là, il fut matraqué et, lorsqu'il eut perdu connaissance, ses vêtements furent fouillés. Le lendemain, il passa la nuit dans la maison d'un ami, et son ami et lui furent blessés, ligotés et toute la maison fouillée. Alors, il se rendit à l'intérieur des terres pour échapper à ses poursuivants, et il fut attiré dans une embuscade et torturé. Bien qu'il fût blessé, il revint la nuit en cachette à La Paz, se glissa furtivement, comme une bête traquée, jusqu'à la plage et sortit sa perle de dessous la pierre. Alors il la maudit et la jeta aussi loin qu'il le put dans le chenal. »

Dans la mer de Cortez, Éditions Actes Sud

... au prix Nobel – En 1943, Steinbeck divorce puis se remarie avec Gwen Verdon, avec laquelle il a un premier fils, Thomas, qui naît en 1944, moment où l'écrivain rédige *La Perle.* À cette même date paraît *Rue de la Sardine.* En 1946, son second fils, John, voit le jour. *La Perle* sort en 1947 ainsi que le roman *Les Naufragés de l'autocar.* L'écrivain est au sommet de sa gloire, il est alors célèbre, engagé politiquement à gauche. Il est bientôt chéri par Hollywood (*Viva Zapata* avec Marlon Brandon en 1950, *À l'est d'Eden* avec James Dean en 1955) et enfin reconnu par l'obtention, en 1962, du prix Nobel de littérature. Il meurt six ans plus tard à New York, mais est enterré à Salinas.

Vous voici au seuil de *La Perle* avec bien des attentes de lecture, mais avec aussi la certitude que la richesse d'un ouvrage provient moins de ce qu'on y reconnaît que de ce qu'on y découvre : derrière les algues vertes, cachée dans les rochers, la grosse huître dissimule la perle. Ouvrez la coquille ou tournez la page…

La perle

« Dans la ville, on raconte l'histoire d'une grosse perle – comment elle fut trouvée, puis perdue à nouveau ; l'histoire de Kino, le pêcheur, dc sa femme Juana et de leur bébé Coyotito. Et comme l'histoire a été si souvent racontée, elle est enracinée dans la mémoire de tous. Mais, tels les vieux contes qui demeurent dans le cœur des hommes, on n'y trouve plus que le bon et le mauvais, le noir et le blanc, la grâce et le maléfice – sans aucune nuance intermédiaire.

« Si cette histoire est une parabole, peut-être chacun en tirera-t-il sa propre morale et y découvrira-t-il le sens de sa propre vie. Quoi qu'il en soit, on raconte dans la ville que… »

CHAPITRE
1

Kino s'était éveillé à la pointe de l'aube. Les étoiles scintillaient encore et le jour ne s'annonçait que par une faible lueur délavée sur l'horizon, à l'est. Les coqs chantaient depuis quelques instants et les cochons matineux avaient déjà entrepris leurs incessants fossoyages dans les buissons et les taillis, à la recherche d'une nourriture oubliée de la veille. Dans le fourré de figuiers d'Inde, devant la hutte, une nichée d'oisillons gazouillaient et agitaient leurs petites ailes.

Kino ouvrit les yeux et fixa tout d'abord le carré lumineux que dessinait la porte, puis la caisse suspendue où dormait Coyotito. Et, finalement, il tourna la tête vers sa femme, Juana, étendue sur la natte à son côté, le nez et les seins dissimulés sous un pan du châle bleu qui lui drapait les reins. Les yeux de Juana étaient ouverts. Kino n'avait pas souvenance d'avoir jamais surpris sa femme les yeux clos, à son réveil. Ses prunelles sombres luisaient comme de petites étoiles et, comme chaque matin, elle le regardait.

Kino entendait le murmure des courtes vagues sur la grève. Il aimait ce bruit… il ferma les yeux pour mieux en entendre la musique. Peut-être était-il le seul à faire cela, ou bien peut-être tous les siens l'avaient-ils fait. Autrefois, les ancêtres de Kino avaient été grands inventeurs de chansons; tout ce qu'ils voyaient, pensaient, faisaient ou entendaient devenait un chant. Il y avait de cela très, très longtemps. Les chansons avaient survécu; Kino les connaissait mais aucune chanson nouvelle ne s'y était ajoutée. Cela ne voulait pas dire qu'il n'y avait plus de chants intimes. En ce moment même, une chanson trottait dans la tête de Kino, une chanson claire et tendre – et s'il avait été capable de l'exprimer, il l'aurait appelée la «Chanson de la Famille».

La couverture était remontée jusqu'à son nez pour le défendre de l'air humide du matin. Un léger bruissement à son côté appela son regard. C'était Juana qui, presque silencieusement, se levait. Sur ses durs pieds nus, elle se dirigea vers la caisse suspendue où dormait Coyotito et, se penchant, murmura un petit mot réconfortant. Coyotito ouvrit les yeux un instant, puis les referma et se rendormit.

Juana vint vers le foyer, découvrit un tison et souffla dessus pour le ranimer tout en cassant des brindilles sur les braises.

À ce moment, Kino se leva à son tour et s'enveloppa la tête, le nez et les épaules dans sa couverture. Puis, après avoir glissé les pieds dans ses sandales, il sortit de la pièce pour contempler l'aurore.

Dehors, il s'accroupit devant la porte et drapa les extrémités de la couverture autour de ses genoux. Haut dans le ciel, au-dessus du Golfe, il vit les lambeaux de nuages se colorer. Une chèvre s'approcha, le renifla et le dévisagea de ses yeux jaunes et froids. Dans son dos, le feu allumé par Juana s'embrasa soudain, illuminant le cadre de la porte d'une lueur vacillante et dardant ses éclairs à travers les branchages de la hutte. Attiré par la flamme, un papillon de nuit attardé s'engouffra dans la maison. Et derrière lui, le Chant de la Famille s'éleva soudain et le rythme de ce chant familial était scandé par la pierre meulière avec laquelle Juana broyait le maïs des galettes matinales.

Maintenant, le jour s'installait rapidement : une lueur blafarde, un rougeoiement, une clarté et, tout d'un coup, une explosion de feu, au moment où le soleil surgit du fond du Golfe. Kino baissa les paupières pour éviter d'être aveuglé. Il entendait grésiller les galettes de maïs dans la maison et sentait leur odeur appétissante qui montait du gril. Autour de lui, les fourmis s'activaient – les grosses noires au corps luisant et les toutes petites, grisâtres et agiles. Kino les observait avec l'indifférence d'un dieu, pendant que l'une d'elles, poussiéreuse et affolée, tentait frénétiquement de s'arracher au piège d'un précipice sablonneux creusé pour elle par un fourmilion. Un chien étique s'avança timidement et, sur un appel doucement murmuré par Kino, s'en vint se pelotonner à ses pieds, la queue soigneusement repliée sur ses pattes et le museau délicatement posé sur le tout. Il était noir, avec des taches dorées à la place des sourcils. C'était un matin comme tous les autres et cependant délectable entre tous.

Kino entendit le grincement de la corde lorsque Juana sortit Coyotito de sa caisse pour le laver et le suspendre ensuite contre son sein dans son châle arrangé en hamac. Kino suivait tous ces gestes sans même les voir. Juana chantait à voix basse une vieille chanson sur trois notes, rajeunie à chaque reprise par un rythme modifié. Et cela aussi participait du Chant de la Famille. Tout y prenait part. Et la chanson s'élevait parfois en un accord déchirant qui serrait la gorge et qui disait : « Ici est la sécurité, ici est la chaleur, ici est le *Tout*. »

De l'autre côté de la haie d'épines s'élevaient d'autres huttes qui dégageaient aussi de la fumée et des bruits de déjeuners matinaux, mais c'étaient là d'autres chants, leurs cochons étaient d'autres cochons, leurs femmes n'étaient pas Juana. Kino était jeune et fort et ses cheveux noirs retombaient sur son front hâlé. Son regard était à la fois chaleureux, farouche et clair, sa moustache fine et rude. Il dégagea son nez de la couverture, car l'air noir et meurtrier s'était maintenant dissipé et le soleil doré caressait la maison. Près de la haie, les plumes du cou hérissées en collerette, les ailes déployées, deux coqs se saluaient et esquissaient une lutte. Ce serait une piteuse bataille, ces deux coqs n'étaient pas des bêtes de combat. Kino les observa un moment, puis leva les yeux sur un vol de colombes sauvages qui palpitait dans le ciel en direction des montagnes. Maintenant le monde était éveillé. Kino se leva et entra dans sa hutte.

À son entrée, Juana, penchée sur le trou rougeoyant du foyer, se releva. Elle vint déposer Coyotito dans son hamac improvisé, puis elle peigna ses cheveux noirs et les tressa en deux nattes qu'elle retint au bout par d'étroits rubans verts. Kino s'accroupit près du feu, roula une galette chaude et la mangea après l'avoir plongée dans la sauce. Puis il but un peu de pulque[1]. C'était là tout son déjeuner, le seul déjeuner qu'il eût jamais connu, en dehors des jours de fête et d'une mémorable orgie de gâteaux dont il avait failli éclater. Lorsque Kino eut terminé, Juana s'approcha à son tour du foyer et mangea. Ils ne s'étaient parlé qu'une seule fois, mais à quoi bon parler si c'est seulement par habitude. Kino poussa un soupir de bien-être, et cela aussi était conversation.

1. Pulque : mot indien d'Amérique centrale qui désigne une boisson fermentée tirée de l'agave, plante qui pousse au Mexique.

Par les mille interstices des murs de branchages, le soleil dardait ses longs rais lumineux qui réchauffaient la maison. Et l'un des rayons vint tomber sur la caisse suspendue où reposait Coyotito et sur les cordes qui la retenaient.

Ce fut un imperceptible mouvement qui attira le regard de Kino et de Juana vers la caisse. Tous deux se figèrent sur place. Un scorpion descendait lentement le long de la corde fixée au plafond. Sa queue piquante se tendait, rigide derrière lui, prête à se dresser en un éclair.

La respiration de Kino devint oppressée et il ouvrit la bouche pour couper le léger sifflement que son souffle faisait dans ses narines. Et soudain l'alerte quitta ses yeux, son corps se détendit : un nouveau chant avait pris possession de sa tête, le Chant du Mal, la musique de l'ennemi, de tout adversaire de la famille ; c'était une mélodie sauvage, secrète et dangereuse, et, l'accompagnant en sourdine, la Chanson de la Famille pleurait plaintivement.

Le long de la corde, le scorpion glissait délicatement vers le lit. Juana répétait dans un souffle une vieille formule magique destinée à conjurer ce danger et par là-dessus elle marmottait l'Ave Maria entre ses dents serrées. Mais Kino s'était mis en mouvement. Sans bruit, sans secousses, son corps glissa doucement à travers la pièce, les mains tendues devant lui, les yeux fixés sur le scorpion. Dans sa caisse, Coyotito riait et tendait la main vers l'animal. Celui-ci flaira le danger au moment où Kino arrivait presque à sa portée. Il s'immobilisa, sa queue se souleva au-dessus de son dos par petites secousses et, à son extrémité, le dard recourbé scintilla.

Kino se tint parfaitement immobile. Il entendait Juana chuchoter une fois de plus la vieille incantation et en même temps il entendait la maudite chanson de l'ennemi. Tant que le scorpion ne bougerait pas, il ne pouvait pas bouger non plus, et l'animal figé cherchait à deviner d'où viendrait le coup. La main de Kino avança très lentement, presque imperceptiblement. La queue armée se dressa d'une secousse. Et juste à cet instant, Coyotito secoué par le rire agita la corde et le scorpion tomba.

La main de Kino bondit pour le saisir mais, échappant à ses doigts, il vint atterrir sur l'épaule du bébé et frappa. Alors, avec un cri de colère, Kino s'en saisit, l'empoigna et l'écrabouilla dans ses mains. Il le lança à terre et, de ses poings, l'aplatit sur le sol, tandis que Coyotito hurlait de douleur dans sa caisse. Et Kino continua de marteler et d'écraser l'ennemi jusqu'à ce qu'il ne fût plus qu'une petite tache humide sur la terre battue. Ses lèvres se retroussaient sur ses dents, la colère fulgurait dans ses yeux et le Chant de l'Ennemi clamait à ses oreilles.

Mais Juana avait saisi le bébé dans ses bras. Elle découvrit la piqûre qui déjà s'enflammait. Elle posa les lèvres sur la blessure et suça fort, cracha puis suça encore pendant que l'enfant criait.

Kino resta là, les bras ballants : il était impuissant, inutile, encombrant.

Les hurlements du bébé avaient attiré les voisins. Ils se ruèrent hors de leurs huttes : Juan Tômas, le frère de Kino, la grosse Apolonia, sa femme, et leurs quatre enfants se pressèrent à la porte, en obstruèrent l'entrée, pendant que derrière eux les autres essayaient de voir et qu'un tout petit garçon se faufilait entre les jambes pour regarder. Et ceux qui étaient en avant passèrent la nouvelle à ceux de derrière : un scorpion… le bébé a été piqué.

Juana cessa un instant de sucer la piqûre. Le petit trou semblait légèrement agrandi et ses bords avaient pâli sous la succion, mais l'enflure rouge s'était étendue tout autour en une plaque dure et lymphatique. Et tous ces gens connaissaient la piqûre du scorpion. Elle était capable de rendre un adulte dangereusement malade, mais un bébé risquait de mourir du poison. Tout d'abord, ils le savaient, viendraient l'enflure et la fièvre, puis les contractions de la gorge, les crampes d'estomac et finalement, si la dose de poison était suffisante, Coyotito mourrait. Mais la douleur de la piqûre se dissipait. Les cris de Coyotito se transformèrent en gémissements.

CHAPITRE 2

Kino s'était souvent émerveillé de la trempe de sa calme et fragile épouse. Tout obéissante, docile, patiente et souple qu'elle fût, elle était capable de cambrer les reins dans l'enfantement sans pousser un cri, de supporter la faim et la fatigue presque mieux que Kino lui-même. Dans la pirogue, elle faisait un travail d'homme entraîné. Et, soudain, elle eut le mot le plus inattendu :

«Le docteur, dit-elle. Va chercher le docteur!»

De bouche en bouche, le mot passa parmi les voisins massés dans le petit terrain derrière la haie. Et, de l'un à l'autre, ils se le redirent : «Juana demande le docteur.» Une chose merveilleuse, mémorable : appeler le docteur. Et l'obtenir serait plus remarquable encore. Le docteur ne venait jamais dans ce hameau de huttes. Et pourquoi y viendrait-il, d'ailleurs, alors qu'il n'y suffisait pas à soigner tous les gens riches qui habitaient les belles maisons de pierre et de ciment de la ville?

«Il ne voudra pas venir», dirent les gens dans la porte, et Kino se laissa ébranler par cette pensée.

«Le docteur refusera de venir», dit-il à Juana.

Elle le regarda d'un œil froid de lionne. C'était le premier-né de Juana… son univers presque tout entier… Alors, Kino lut la détermination dans son regard, et la Chanson de la Famille résonna dans son cœur avec le timbre de l'acier.

« Eh bien ! nous irons chez lui », répondit Juana et, d'une main, elle drapa son châle bleu autour de sa tête, enveloppa l'enfant gémissant dans un des pans et ramena le second pan au-dessus de ses yeux pour le préserver du soleil. Les gens qui se pressaient sur le seuil se replièrent sur ceux de derrière pour la laisser passer. Kino la suivit. Franchissant la barrière, ils s'engagèrent sur le chemin défoncé, et les voisins emboîtèrent le pas.

L'événement était devenu l'affaire de tout le voisinage. En une procession rapide et silencieuse, ils s'en furent en direction de la ville, Juana et Kino en tête, suivis de Juan Tômas et d'Apolonia dont le gros ventre tressautait à ce rythme accéléré et, derrière eux, tous les voisins et leurs petits enfants trottant sur les côtés. Et le soleil doré projetait leurs ombres noires en avant, de sorte qu'ils piétinaient leurs propres silhouettes.

Ils arrivèrent aux confins de la ville, là où les huttes cessent pour faire place à la cité de pierre et de ciment – la ville aux murs épais et lourds, aux frais jardins intérieurs où dansent les petits jets d'eau, où les bougainvillées revêtent les murs de violet, de rouille et de blanc. Du fond des jardins secrets, leur arrivèrent le chant des oiseaux en cage et le clapotis de l'eau rafraîchissante sur les dalles brûlantes. La procession traversa la place aveuglante de lumière, devant l'église. Elle s'était grossie en chemin et, aux abords de la ville, on racontait à mi-voix, aux nouveaux arrivants, que le bébé avait été piqué, et que le père et la mère l'emmenaient chez le docteur.

Et ces nouveaux venus, plus spécialement les mendiants de la porte de l'église qui étaient grands connaisseurs en problèmes financiers, lançaient de furtifs regards vers la vieille jupe bleue de Juana, notaient les déchirures de son châle, estimaient les rubans verts au bout de ses nattes, la vétusté de la couverture de Kino, les milliers de lessives subies par ses vêtements et, les ayant classés dans la catégorie des pauvres, ils les suivaient pour voir quel drame cela allait bien pouvoir donner. Les quatre mendiants du fronton de l'église savaient tout ce qui se passait en ville. Ils scrutaient l'expression des jeunes femmes qui se rendaient à confesse et, en les voyant sortir, devinaient à leur visage la nature de leur péché. Ils connaissaient tous les petits scandales et quelques sombres crimes aussi. Ils dormaient à leurs postes, dans l'ombre de l'église, si bien que personne ne pouvait s'y glisser, en quête de consolation, sans qu'ils le sachent. Et ils connaissaient le docteur, son ignorance, sa cruauté, son avarice, ses appétits et ses péchés. Ils connaissaient ses avortements maladroits et les misérables aumônes de petits sous qu'il faisait avec tant de parcimonie. Ils avaient vu ses morts entrer dans l'église. Et, comme la messe matinale était déjà finie et les affaires ralenties, ces insatiables observateurs de la nature humaine suivirent la procession pour voir ce que ce gros fainéant de docteur ferait pour un bébé indigent piqué par un scorpion.

La procession disparate arriva finalement devant la grande porte percée dans le mur d'enceinte de la maison du docteur. Ils entendirent de nouveau l'eau clapotante, les oiseaux chantant dans leurs cages et les longs balais caressant les dalles de pierre. Et ils humèrent l'appétissante odeur du bacon rissolant dans la cuisine.

Kino hésita un instant. Ce docteur-là n'était pas des

siens. Il faisait partie de la race qui, pendant près de quatre siècles, avait battu, volé, affamé et méprisé Kino et ses pareils et les avait si bien terrorisés que l'indigène, désormais, ne se présentait devant sa porte qu'avec humilité. Et, comme chaque fois qu'il approchait l'un d'eux, Kino se sentait faible, craintif, famélique[1], et plein de rage tout à la fois. La haine et la peur vont de pair. Il aurait pu tuer le docteur plus aisément que l'affronter, car tous ceux de la race du docteur parlaient à ceux de la race de Kino comme s'ils avaient été de vulgaires animaux. Et, au moment où il levait la main droite pour saisir le marteau de bronze de la porte, la rage se souleva en lui, et la musique de l'ennemi claironna à ses oreilles, tandis que ses lèvres se retroussaient férocement sur ses gencives – mais sa main gauche se porta à l'aile de son chapeau. L'anneau de bronze retentit contre le bois. Kino ôta son chapeau et attendit. Dans les bras de Juana, Coyotito gémit légèrement, et elle lui chuchota doucement quelques mots calmants. La procession se groupa pour mieux voir et entendre.

Après un moment d'attente, la grand-porte s'entrouvrit discrètement. Dans l'entrebâillement, Kino eut une brève vision de la verte fraîcheur du jardin et de la fontaine ruisselante. L'homme qui l'observait de l'intérieur était de sa race. Kino lui parla dans leur langue natale :

« Le petit… notre premier-né… a été empoisonné par le scorpion, expliqua-t-il. Il a besoin de la science du guérisseur. »

La porte se rabattit encore un peu, et le domestique refusa de répondre dans la langue maternelle :

« Un instant, fit-il, je vais me renseigner. » Et, là-dessus,

1. Famélique : de *fames*, la « faim » en latin. Amaigri par le manque de nourriture, affamé.

il referma la porte et remit le loquet. Le soleil rutilant projetait sur le mur blanc l'énorme plaque noire que faisaient les ombres massées des curieux.

Dans sa chambre, le docteur était assis dans son lit monumental. Il avait revêtu une robe de chambre de fine soie rouge qui venait de Paris – un peu étroite à la taille, maintenant, lorsqu'il la boutonnait. Sur ses genoux reposait un plateau d'argent, portant un pichet à chocolat en argent et une minuscule tasse de porcelaine diaphane, si délicate qu'elle semblait ridicule lorsque, de sa grosse main, il la soulevait précieusement entre le pouce et l'index en écartant les trois autres doigts. Ses yeux étaient enchâssés dans un nid de chair bouffie, et les coins de sa bouche retombaient amèrement. Il devenait obèse, et sa voix, gênée par toute la graisse qui s'accumulait dans sa gorge, avait pris un ton rauque. Un petit gong oriental et une coupe de cigarettes étaient posés sur sa table de chevet. Le mobilier de la pièce avait un aspect lourd, sombre et maussade. Tous les tableaux étaient religieux, y compris l'agrandissement en couleurs de la photographie de sa défunte épouse qui, si les messes promises et payées par son héritage avaient ce pouvoir, devait être au ciel. À une certaine époque, et pendant un court laps de temps, le docteur avait vécu en Europe et, depuis lors, son existence entière n'était plus que souvenir et regret de la France.

« Ça, disait-il, c'était la vie civilisée » – et par cela, il entendait qu'avec un très modeste revenu, il avait pu s'offrir une maîtresse et manger au restaurant. Il se versa une seconde tasse de chocolat et émietta un biscuit sucré entre ses doigts. Le domestique ouvrit la porte et s'immobilisa, attendant qu'on voulût bien remarquer sa présence.

« Oui ? interrogea le docteur.

– C'est un petit Indien avec un bébé. Il dit que le scorpion l'a piqué.»

Le docteur posa soigneusement sa tasse avant de donner libre cours à sa colère.

«Est-ce que je n'ai rien de mieux à faire que de soigner les piqûres d'insectes des "petits Indiens"? Suis-je un docteur ou un vétérinaire?

– Oui, patron, répondit le domestique.

– A-t-il de l'argent? demanda le docteur. Non, ils n'en ont jamais. Et moi, moi seul au monde, je devrais travailler gratuitement... J'en ai assez! Va voir s'il a de l'argent!»

À la porte, le domestique entrebâilla l'huis[1] pour regarder les gens qui attendaient. Cette fois, il parla dans sa langue.

«Est-ce que vous avez de l'argent pour payer les soins?»

Kino fouilla dans un petit coin secret sous sa couverture. Il en sortit un papier maintes fois replié. Pli par pli, il l'ouvrit jusqu'à découvrir finalement huit petites perles plates, informes, aussi grises et repoussantes que des petits ulcères et presque sans valeur. Le domestique prit le papier et referma la porte, mais cette fois, il ne fut pas longtemps absent. Il entrouvrit à peine le battant pour rendre le papier plié.

«Le docteur est sorti, dit-il. Il a été appelé pour un cas urgent.» Et, de honte, il rabattit vivement la porte.

Mais la vague de honte s'abattit sur la procession et la désagrégea. Les mendiants retournèrent aux marches de leur église, les rôdeurs disparurent, et les voisins s'éloignèrent pour ne pas avoir sous les yeux la honte publique subie par Kino.

1. Huis : porte extérieure d'une maison.

Longtemps, Kino resta figé devant la porte avec Juana auprès de lui. Lentement, il remit son chapeau et, tout à coup, il frappa la porte de toute la violence de son poing. Puis il considéra pensivement ses phalanges éclatées et le sang qui ruisselait entre ses doigts.

CHAPITRE 3

La ville s'étalait au fond d'un large estuaire, et ses vieux bâtiments, crépis en jaune, s'accrochaient à la grève. Et sur la grève gisaient les pirogues bleues et blanches venues de Nayarit[1] – entretenues de génération en génération à l'aide d'un revêtement imperméable, dur et nacré comme un coquillage, dont le secret se perpétuait parmi les pêcheurs. C'étaient de gracieuses pirogues à la coque élevée, à la proue et la poupe renflées, pontées dans leur milieu, ce qui permettait de fixer un mât portant une petite voile latine.

La grève était de sable jaune, mais sur le rivage s'alignait un collier d'algues et de coquillages. Les crabes écumaient et crachotaient au fond de leurs trous dans le sable et, dans les flaques, les petits homards gigotaient et bondissaient hors de leurs refuges sur la frange d'algues et de graviers. Le fond de la mer grouillait d'êtres rampants, nageants et croissants. Les algues brunes flottaient dans les courants légers, les anguilles vertes s'y faufilaient, et les petits hippocampes s'accrochaient aux tiges. Le botete[2] tacheté, ce

1. Nayarit : État du Mexique dont la capitale est Tepic.
2. Botete : poisson coralien qui fabrique un poison puissant pour se nourrir et se défendre.

poisson venimeux, reposait sur le lit d'herbes velues et les crabes nageurs, aux brillantes couleurs, trottaient au-dessus d'eux.

Sur la grève, les chiens et les porcs affamés, descendus de la ville, cherchaient inlassablement le moindre poisson ou goéland mort que la marée montante y aurait déposé.

Bien qu'il fût encore très tôt, le mirage brumeux s'était déjà levé. Cette atmosphère incertaine qui amplifie certaines choses et en dissimule d'autres, enveloppait le Golfe tout entier, si bien que le panorama semblait irréel et qu'on ne pouvait pas faire confiance à ses yeux : la mer et la terre offraient tout à la fois la précision aiguë et la nébulosité d'un rêve. C'est sans doute pourquoi les gens du Golfe croient aux choses de l'esprit, de l'imagination, mais ne s'en remettent jamais à leurs yeux pour estimer une distance ou évaluer un détail avec quelque exactitude.

De l'autre côté du Golfe, en face de la ville, un bouquet de palétuviers se dessinait avec une précision photographique, tandis qu'un second bouquet ne formait qu'une masse vert sombre. Dans le lointain, une partie de la grève disparaissait dans un rutilement qui ressemblait à la mer. On n'était jamais sûr de sa vue, on ne pouvait jamais jurer que ce qu'on voyait était vraiment là ou non. Et les habitants du Golfe ne s'en étonnaient pas, bien convaincus qu'il en était de même partout. Une brume cuivrée s'élevait au-dessus de l'eau et le brûlant soleil matinal qui la martelait la faisait vibrer d'un éclat aveuglant.

Les huttes des pêcheurs s'élevaient à droite de la ville, à l'arrière de la grève, et les pirogues étaient échouées devant.

Kino et Juana descendirent lentement vers la plage et gagnèrent leur pirogue – la seule vraie richesse que Kino eût au monde. Elle était très ancienne. Le grand-père de

Kino l'avait ramenée de Nayarit, puis il l'avait léguée à son père, et c'est ainsi que Kino en avait hérité. C'était à la fois une possession et la nourriture assurée. Car un homme qui possède une pirogue peut toujours garantir à sa femme qu'elle aura quelque chose à manger. C'est le rempart contre la famine. Et, chaque année, Kino la revêtait d'une couche d'enduit nacré, selon la méthode qui lui avait également été transmise par son père. Il arriva près de l'embarcation et, comme à l'accoutumée, en caressa tendrement la proue. À côté sur le sable, il déposa son roc de plongée[1], son panier et ses deux cordes, puis il plia sa couverture et la plaça dans le creux de la proue.

Juana installa Coyotito dessus et le recouvrit de son châle pour le préserver des rayons ardents du soleil. L'enfant était tranquille, à présent, mais l'enflure de l'épaule avait gagné le cou puis l'oreille, et son visage était fiévreux et bouffi. Juana entra dans l'eau et ramassa des algues brunes dont elle fit un cataplasme humide qu'elle vint appliquer sur l'épaule du bébé. C'était là un remède tout aussi bon qu'un autre, et sans doute meilleur que celui que le docteur aurait employé. Mais à ce remède simpliste et gratuit, manquait l'autorité de l'homme de science. Les crampes d'estomac ne s'étaient pas encore manifestées. Peut-être, en suçant, Juana avait-elle extirpé le poison à temps, mais elle n'avait pas extirpé sa propre anxiété. Dans sa prière, elle n'avait pas demandé la guérison du bébé, elle avait prié pour la découverte d'une perle qui paierait les soins du docteur – car l'esprit des êtres est aussi immatériel que le mirage du Golfe.

Kino et Juana poussèrent la pirogue à l'eau et, quand elle

1. Roc de plongée : pierre entourée d'une corde que Kino lance à l'eau avant de plonger pour se lester.

entra dans la mer, Juana y grimpa, tandis que Kino, pataugeant à côté, poussait l'arrière jusqu'à ce qu'il fût à flot et dansât légèrement sur les petites vagues du bord. Alors, en parfait accord, Juana et lui plongèrent leurs doubles pagaies dans la mer et le canoë fendit l'eau dans un chuintement rapide. Les pêcheurs de perles étaient sortis depuis longtemps. Kino les aperçut bientôt, groupés en flottille dans la brume, au-dessus du champ d'huîtres.

À travers l'eau, la lumière venait éclairer le champ où les huîtres perlières, aux coquilles froncées, se collaient au fond caillouteux – un fond jonché de coquilles d'huîtres ouvertes et concassées. C'était là le champ qui avait donné au roi d'Espagne l'omnipotence européenne, qui avait payé ses guerres et avait, pour le salut de son âme, décoré ses églises. Huîtres grises ornées de bizarres jabots, où s'accrochent les plumets de lichens, huîtres recouvertes d'une couche de petits crustacés, et que les petits crabes escaladent. Un accident peut leur arriver : qu'un grain de sable glisse dans les replis du muscle et irrite la chair, celle-ci, pour se défendre, enveloppe le grain d'une couche de ciment lisse. Et le processus une fois déclenché, elle continue à revêtir le corps étranger jusqu'au moment où il s'échappe au cours de quelque ouragan sous-marin, ou jusqu'à ce que l'huître elle-même soit détruite. Depuis des siècles, les hommes ont plongé, arraché les huîtres à leur lit et les ont ouvertes, à la recherche des grains nacrés. Des bancs de poissons vivent près de ces champs pour se nourrir des huîtres rejetées à la mer par les pêcheurs et grignoter l'intérieur des coquilles éclatantes. Mais les perles sont des accidents, et en trouver une est un coup de chance, une preuve d'amitié de la part de Dieu, ou des dieux, ou le tout ensemble.

Kino possédait deux cordes, l'une qui était nouée autour d'une grosse pierre, l'autre à un panier. Il ôta sa chemise et son pantalon et posa son chapeau au fond de la pirogue. La mer était une nappe d'huile. Il prit sa pierre d'une main, son panier de l'autre, passa les jambes par-dessus bord, et la pierre l'entraîna tout droit au fond. Les bulles s'élevèrent derrière lui jusqu'à ce que l'eau redevînt claire, et alors il put voir le fond. Au-dessus de lui, la surface de la mer était un miroir onduleux et chatoyant, troué de place en place par le fond des pirogues.

Kino se déplaça avec précaution, afin de ne pas troubler l'eau. Il engagea son pied dans la boucle de son roc, et ses mains agiles arrachèrent vivement les huîtres, les unes par grappes, les autres une à une, pour les poser ensuite dans son panier. Par endroits, elles adhéraient ensemble et se décollaient en bloc.

Les ancêtres de Kino avaient chanté tout ce qui existe et tout ce qui arrivera jamais. Ils avaient tout mis en chansons. Ils avaient fait des chants pour les poissons, pour la mer en furie et pour la mer paisible, pour le jour et pour la nuit, pour le soleil et la lune – et tous ces chants demeuraient dans le cœur de Kino et des siens – tous les chants qui furent jamais inventés, et même ceux depuis longtemps oubliés.

Le chant accompagnait Kino – pendant qu'il emplissait son panier – un chant dont le rythme était battu par son cœur palpitant tandis qu'il brûlait l'oxygène de son souffle contenu – et l'eau grise et verte, les petits animaux frôleurs et les nuages de poissons qui passaient en flèche en composaient la mélodie. Mais à ce chant s'ajoutait un accompagnement secret, à peine perceptible mais constant – un murmure harmonieux, mystérieux et obstiné, presque amalgamé à la phrase musicale : le Chant de la Perle que l'on attend, car chacune des coquilles qui tombaient dans le panier pouvait en contenir une. Les chances étaient évidemment contraires, mais les dieux pouvaient se montrer favorables. Kino savait qu'au-dessus de lui, dans le canoë, Juana invoquait la magie de la prière – le visage figé, les muscles tendus pour forcer la Chance, pour l'arracher d'entre les mains des dieux – car la Chance lui était nécessaire, pour l'épaule de Coyotito. Et, comme le besoin était impérieux et le désir profond, la secrète mélodie de la Perle possible s'élevait plus fort, ce matin-là. Elle s'incorporait à la Chanson sous-marine en longues phrases fermes et claires.

Dans la plénitude de sa jeunesse, de sa force et de sa fierté, Kino était capable de rester, sans aucune fatigue, plus de deux minutes en plongée, aussi travaillait-il tranquillement en sélectionnant les plus grosses coquilles. Se sentant dérangées, les huîtres se refermaient hermétiquement. À sa droite, se dressait une roche recouverte de petites huîtres, trop jeunes pour être cueillies. Kino s'en approcha, et là, au flanc du rocher, sous une saillie, il vit une énorme coquille nue et solitaire. À l'abri de cette saillie, le vétuste coquillage bâillait et, dans le muscle lippu, Kino entrevit une lueur fantomatique puis, soudain, la coquille se referma. Le cœur de Kino battit à grands coups et la mélodie de la Perle possible éclata à ses oreilles. Doucement, il arracha l'huître et la plaqua contre sa poitrine. D'une ruade, il dégagea son pied de la boucle de la corde ; son corps remonta à la surface et ses cheveux noirs brillèrent au soleil. Il empoigna le bord du canoë et déposa l'huître au fond.

Juana maintint le bateau pour l'aider à monter. Les yeux

de Kino étincelaient mais, par décence[1], il remonta d'abord sa pierre et son panier d'huîtres.

Sentant sa fébrilité, Juana fit semblant de regarder ailleurs. Il n'est pas bon de désirer trop violemment quelque chose. Parfois, cela détourne la bonne chance. Il faut vouloir juste assez et il faut être très réservé en face de Dieu ou des dieux. Mais Juana suspendit son souffle. Kino venait d'ouvrir son coutelas à lame courte. Il eut l'air de réfléchir en fixant le panier. Peut-être valait-il mieux ouvrir l'*huître* en dernier? Il prit une petite coquille, coupa le muscle, fouilla dans les replis de la chair et la rejeta à l'eau. Et il parut tout à coup remarquer, pour la première fois, la présence de la grande huître. Il s'accroupit au fond de la pirogue, saisit le coquillage et l'examina. Les cannelures brillante allaient du noir au brun, et seules quelques petites besicles[2] adhéraient à la coque. Et voilà qu'il hésitait à l'ouvrir. Il savait que ce qu'il avait vu pouvait n'être qu'un reflet, une parcelle de coquille nacrée, entraînée à l'intérieur par le courant, ou encore une illusion totale. Dans ce Golfe à la lumière trompeuse, l'illusion était plus fréquente que la réalité.

Mais les yeux de Juana étaient fixés sur lui : elle ne pouvait plus attendre. Elle posa la main sur la tête enveloppée de Coyotito.

«Ouvre-la», fit-elle à voix basse.

Kino introduisit adroitement sa lame entre les valves. Sous la poussée, il sentit le muscle résister. Jouant de sa lame comme d'un levier, il le fit céder et le coquillage s'ouvrit. Les lèvres de chair se crispèrent puis se détendi-

1. Décence : respect des convenances, discrétion.
2. Besicles : de béryls, pierres précieuses qui ont longtemps servi à faire des lunettes et des loupes.

rent. Kino souleva les replis et la perle était là, la grosse perle, parfaite comme une lune. Elle accrochait la lumière, la purifiait et la renvoyait dans une incandescence argentée. Elle était aussi grosse qu'un œuf de mouette. C'était la plus grosse perle du monde.

Le souffle coupé, Juana gémit légèrement. Et, dans le cœur de Kino, la mélodie de la Perle qu'on attend retentit, claire et majestueuse, riche, chaleureuse, brillante, tumultueuse, triomphante. À la surface de la perle, il voyait se dessiner des rêves. Il prit la perle dans la chair mourante et la garda au creux de sa main, la fit tourner et constata la perfection de sa rondeur. Médusé, Kino regardait la perle dans sa main, la main qu'il avait écrasée contre la porte du docteur, et sur son poing la chair déchirée était décolorée jusqu'au blanc grisâtre par l'eau de mer.

Instinctivement, Juana se pencha sur Coyotito, couché dans la couverture de son père. Elle souleva le cataplasme de goémon et regarda son épaule. «Kino! » s'écria-t-elle d'une voix aiguë.

Quittant des yeux la perle, il vit que l'épaule de l'enfant désenflait, le poison se résorbait. Alors le poing de Kino se referma sur la perle et l'émotion l'emporta. Il renversa la tête en arrière et rugit. Ses yeux roulaient dans leurs orbites et son corps se tendait tandis qu'il hurlait. Dans leurs pirogues, les autres pêcheurs surpris dressèrent l'oreille, puis, plongeant les pagaies dans la mer, accoururent tous vers le bateau de Kino.

Arrêt sur lecture 1

Avant l'histoire : un étrange prologue

Entre le titre et le chapitre 1, se trouvent deux paragraphes isolés au milieu d'une page, qui n'ont pas leur pendant à la fin de l'ouvrage. Deux paragraphes pour nous engager à lire mais qui, en même temps, retardent notre découverte de l'histoire. Curiosité d'un côté, impatience de l'autre. Le lecteur hésite, il s'interroge… C'est déjà bon signe. Le piège est tendu.

Un prologue pour capter l'attention du public

Laissez-moi vous conter l'histoire… – Le prologue est, étymologiquement, la « parole » que l'auteur situe *avant* le récit. Le mot, d'origine grecque, sert au départ à désigner, dans une tragédie*, la partie jouée avant l'entrée du chœur. On expose les grandes lignes de la pièce, présente les personnages et ébauche quelques pistes d'interprétation. Mais s'agit-il ici vraiment d'un prologue ? Apparemment non, puisque *La Perle* est un roman d'à peine plus de cent pages et non une pièce de théâtre. Et pourtant, le narrateur anonyme (« on ») ne demande-t-il pas d'écouter ce qu'il va « raconter » ? D'entendre le « vieux conte » connu de tous et non de le lire ?

Il y a bien là quelqu'un qui s'est avancé et qui parle, qui réclame l'attention, comme pour raconter une histoire à ceux qui ne savent pas encore lire. Steinbeck a écrit *La Perle* à partir de l'hiver 1944. Or, en 1944, puis en 1946 (soit un an avant la parution du roman), il devient le papa de Thomas et de John, à qui il espère peut-être lire un jour le livre qu'il compose… Il s'agit de séduire le lecteur, de l'attirer sur la piste de Kino et de sa famille, de le plonger dans le golfe du Mexique pour y découvrir la perle.

Qui joue le rôle principal ? – Le prologue satisfait à cette exigence en donnant tout d'abord des indications sur le récit à venir. L'ordre des mots est capital, même si on a affaire à une traduction. Avant de savoir qui sont les personnages principaux de l'histoire, Steinbeck situe le lieu de l'action : dans « la » ville et non pas « une » ville parmi d'autres. L'emploi de l'article défini peut surprendre dans la mesure où celle-ci nous est inconnue (elle n'est nommée qu'au chapitre 6) et nous projette immédiatement dans l'action. Cela nous engage dans un pacte de lecture particulier : comme dans les contes pour enfants et les très vieilles histoires, il y a des lieux qui sont des « personnages », presque des êtres vivants, qui symbolisent à eux seuls des valeurs, le bien ou le mal, la pauvreté ou la richesse, la solidarité ou l'abandon. La Paz n'est pas une ville quelconque, elle est la ville par excellence, le lieu où se joue le destin des personnages. C'est « dans la ville » que débute le récit et c'est à partir d'elle qu'on transmet l'histoire de bouche en bouche.

Le second « personnage » de l'histoire n'est toujours pas un être humain mais cela surprend moins. La « grosse perle » était annoncée dans le titre du roman. Mais alors que celui-ci suggérait l'importance d'un objet, d'un trésor dans la main d'un homme encore inconnu, le prologue semble affirmer que la perle est bien le sujet du livre, l'acteur véritable de l'histoire à suivre.

Les hommes viennent ainsi en troisième temps derrière les lieux et les choses, derrière l'ordre matériel du monde, comme déterminés par celui-ci. Les débuts de chapitres suivants confirmeront cette préséance des choses, de la ville puis de la nature : sept sur dix ne commencent pas en mettant en valeur les hommes. Il y a là un parcours condensé de l'œuvre : de la ville à la nature, il n'y a guère de place pour les humains…

Un procédé original

De l'art de raconter... – Cependant, à peine attiré dans l'intrigue, le lecteur se trouve surpris par la démarche de Steinbeck, fidèle en cela au prologue des tragédies* grecques : la fin de l'histoire nous est racontée dès le début ; la perle sera perdue après avoir été trouvée. Elle n'apportera pas la richesse escomptée, l'ordre des choses sera « à nouveau » rétabli. À peine entr'aperçue, la perle nous échappe, l'intérêt du lecteur se reporte alors sur le comment de l'histoire. Savoir comment et pourquoi la perle est perdue devient un objectif de lecture. Un comment qui porte sur les péripéties de l'histoire mais surtout sur la manière dont elle va être racontée. Au plaisir de la fiction succède celui de l'écoute, celui de saisir l'agencement des mots qui fabriquent la parabole.

... et de celui de lire – Le prologue permet de capter l'attention du lecteur mais aussi de lui proposer un programme de lecture. Il définit un genre littéraire, le conte, en plaçant le récit sous le signe de l'oralité, de la répétition et de la simplification narrative : personnages types, début et fin précisés. Il suggère également des pistes d'interprétation possibles : l'histoire, c'est l'enquête (la description de milieux sociaux opposés, d'une époque, des rapports des hommes et de la nature) en même temps qu'une fiction inventée. Le conte, c'est la vision manichéenne* du monde partagé entre les forces du bien et celles du mal. La parabole, c'est le récit allégorique dont on peut tirer un enseignement quelle que soit l'époque à laquelle on appartient. L'emploi de modalisateurs du discours (« si », « peut-être ») laisse une liberté d'interprétation au lecteur, mais assure qu'il faut lire *La Perle* non pas au premier degré mais comme une histoire dont le sens n'est pas définitivement fixé. De même que Kino va rêver son avenir dans les reflets de la perle, il appartient au lecteur de se découvrir à la surface du roman à venir.

Un conte traditionnel ?

Qui parle ?

Le narrateur intervient très peu dans *La Perle*. Se confondant le plus souvent avec l'auteur, il marque moins le récit de sa personnalité que ne pourrait le faire un conteur traditionnel, un griot* africain ou un moraliste classique. Il est néanmoins présent sous deux aspects, qui apparentent le récit à un conte.

D'une part, le narrateur prend en charge le récit et n'hésite pas à ponctuer les événements de remarques qui ressemblent à des leçons tirées des faits relatés, ou à des aphorismes* rédigés au présent de vérité générale. Ces remarques, encore peu nombreuses dans les trois premiers chapitres (« La haine et la peur vont de pair », « c'était là un remède tout aussi bon qu'un autre, et sans doute meilleur que celui que le docteur aurait employé »), se multiplient par la suite comme autant de sentences philosophiques ou critiques sur le sens de la vie des héros. D'autre part, écho de la sagesse populaire, le narrateur se fait le porte-parole de la voix collective qui commente les événements : il traduit ainsi le sentiment du chœur des voisins et autres badauds lorsqu'il s'agit d'évaluer les chances de Coyotito piqué par le scorpion, ou lorsque les mendiants jaugent de leur œil critique les habits pauvres de Kino se rendant chez le docteur. Le narrateur fait enfin entendre la rumeur qui résume les faits et analyse les aventures du jeune Indien :

> Une chose merveilleuse, mémorable : appeler le docteur.

L'indétermination

On l'a vu dès le prologue, l'univers de *La Perle,* bien que précisément décrit, n'a pas l'ancrage réaliste d'un roman classique, à l'image de ceux que Steinbeck a écrits auparavant. Même si certaines des problématiques de *Rue de la Sardine* ou de *Les Naufragés de l'autocar*, romans écrits tous les deux dans les années 1940, sont communes à celles de *La Perle*, ce dernier récit se distingue par sa dimension générale et allégorique. Tout est ici symbole : chaque personnage représente une idée beaucoup plus grande que lui.

Nous disposons de peu de noms de personnages. En effet, ceux qui ont un prénom sont les seuls véritables humains de l'histoire. Kino, Juana, Apolonia et Juan Tômas sont des prénoms simples, parfois symboliques, comme celui de Kino, qui fait référence au père jésuite Eusébio Kino qui évangélisa le Mexique. Coyotito, lui, a un surnom : il est le « petit coyote » (le mot est d'origine aztèque), un bébé mi-homme, mi-animal. Il ne parle pas mais gémit comme une bête, innocent face au mal, ignorant du bien et du mal. Tous ceux qui ont un nom sont indiens ; les autres personnages existent quant à eux en tant que classes sociales (les mendiants), communautés (les voisins, les badauds), ou selon leur profession (curé, domestiques, docteur, pisteurs, marchands de perles, homme à cheval). On pourrait ajouter à cette prégnance du général les portraits à peine esquissés et fortement typés des personnages : Kino est un Indien, jeune et fort, hâlé, portant une couverture sur l'épaule ; Juana est courageuse et silencieuse, enveloppée dans son châle ; le docteur transpire sa graisse et sa cupidité. On n'est pas loin de caricatures comme on en voit dans les peintures naïves de certains artistes sud-américains. Il n'y a guère ici de « nuance intermédiaire », le tout étant confirmé par l'opposition claire entre le chant du Bien (la famille) et celui du Mal (l'ennemi, le docteur).

À cette indétermination symbolique des noms – qu'on retrouve dans beaucoup de contes – s'ajoute celle, tout aussi caractéristique, des lieux : il y a le village avec ses huttes, la ville et ses maisons de ciment, le golfe et les montagnes, des villes du passé, Paris pour le docteur, Nayarit pour les Indiens, îlots fondateurs mais perdus à jamais.

Un schéma narratif type

La structure même du récit correspond à celle du conte traditionnel : on retrouve le schéma narratif type qui fait se succéder une situation initiale stable décrite à l'imparfait (à l'aube, Kino se réveille et contemple le « Tout » immuable et sécurisant du monde et de sa famille), un élément perturbateur, qui intervient avec le passage au passé simple (l'arrivée du scorpion), et ensuite l'énumération de péripéties diverses (la visite chez le docteur, la découverte de la perle). On reconnaît également l'univers merveilleux du conte avec l'appel fréquent aux forces divines et surtout avec la croyance forte en la magie, qui se manifeste par la guérison miraculeuse de l'enfant.

Tout semble si simple et pourtant l'hésitation même entre les termes « histoire », « conte » ou « parabole » dans le prologue devrait nous engager à plus de méfiance. *La Perle* est tout cela à la fois, c'est-à-dire un roman, dont l'écrivain Milan Kundera rappelle dans *L'Art du roman* qu'il est le reflet de « l'esprit de complexité » humain.

Où le « mirage brumeux » se lève

Et si entre le blanc et le noir s'insinuait le gris, celui-là même qui moire la surface de la perle ? Et si à cette heure de l'aube où se confondent la terre et le ciel, que Steinbeck nomme « emperlée », surgissaient d'autres lectures possibles ?

> **Bien qu'il fût encore très tôt, le mirage brumeux s'était déjà levé. Cette atmosphère incertaine qui amplifie certaines choses et en dissimule d'autres enveloppait le Golfe tout entier, si bien que le panorama semblait irréel et qu'on ne pouvait pas faire confiance à ses yeux : la mer et la terre offraient tout à la fois la précision aiguë et la nébulosité d'un rêve.**

Ce paragraphe, situé au début du chapitre 3, relance les questions de narration : et si cette atmosphère rassurante du conte, cette délimitation facile du Bien et du Mal n'étaient que leurres ?

Un narrateur romancier

Variations autour du point de vue – Un conteur ? Certes, mais un romancier avant tout ! Si Steinbeck aime à se dissimuler derrière la voix d'un conteur, il ôte rapidement ce masque au point de négliger d'équilibrer le prologue par un épilogue, qu'il intègre au chapitre 10, sans exploiter les possibilités d'une clôture traditionnelle du type : « Voilà ce qu'on a raconté en ville ». S'il maîtrise remarquablement les jeux offerts par l'écriture d'un conte (les répétitions et les anaphores*), il sait également combiner savamment les points de vue*, effet de montage que ne permet pas toujours le conte classique, qui privilégie plutôt l'angle de la narration omnisciente*. Les trois premiers chapitres nous donnent une idée nette des variations que l'écrivain introduit dans les points de vue narratifs. Le début nous montre l'aube vue et entendue au travers des sens en éveil de Kino, puis l'auteur use de la focalisation interne* pour évoquer les rêves avortés du docteur.

Le point de vue externe est utilisé pour décrire le monde animal à la fois proche des Indiens et malgré tout étranger à toute projection humaine et subjective : ainsi en est-il du chien qui s'approche de Kino le matin et se pelotonne à ses pieds sans qu'il nous soit donné d'autres indications d'interprétation.

Enfin, Steinbeck sait adopter le point de vue omniscient pour expliciter la situation sociale des Indiens face à celle des Blancs, ou expliquer à son lecteur comment s'effectue la pêche aux perles. Ces incursions de l'auteur au sein de la narration se multiplient dans la suite de l'ouvrage, devenant de plus en plus critiques à l'égard du système qui broie les Indiens. Déjà la remarque suivante en dit long sur l'ironie mordante de l'écrivain à propos d'une religion qui professe l'humilité et la simplicité :

> **C'était là le champ qui avait donné au roi d'Espagne l'omnipotence européenne, qui avait payé ses guerres et avait, pour le salut de son âme, décoré ses églises.**

Ce sont là bien davantage les mots d'un romancier que les paroles d'un conteur.

La description romanesque – Mots d'écrivain mais aussi regard de poète sur la nature toujours aimée et qui ne cesse de l'émerveiller :

> **De l'autre côté du Golfe, en face de la ville, un bouquet de palétuviers se dessinait avec une précision photographique, tandis qu'un second bouquet ne formait qu'une masse vert sombre.**

La phrase est une esthétique*. On sait que *La Perle* est écrite dans la perspective de son adaptation cinématographique, mais la phrase va plus loin : elle symbolise la conception que Steinbeck a de la description. Celle-ci ne peut pas être complète, elle doit réaliser un agencement travaillé de détails extrêmement précis et de vues d'ensemble floues et impressionnistes. Ainsi voyez le docteur : il suffit d'une page pour tirer le portrait d'un homme qui n'est pas un personnage central mais plutôt la première incarnation médiocre du malheur, pour décrire en si peu de mots ses regrets et son amertume d'avoir raté sa vie. Si les personnages sont des types, ils le sont avec une extrême finesse : que d'espoirs déçus et de rancœurs noires dans ces petits yeux cerclés de graisse !

Du manichéisme à la critique sociale

Entre le Bien et le Mal – Il y a donc le chant du Bien et le chant du Mal. Une nature bienveillante et une ville inquiétante. Néanmoins entre ces lignes de chant bien définies, s'entremêlent des moments incertains. Steinbeck insinue toute une zone de doute entre le Bien et le Mal : par exemple la métaphore* de la « pointe » de l'aube indique le moment où le premier rayon du soleil perce dans le ciel mais peut aussi désigner l'aiguillon du scorpion qui va attaquer Coyotito. Au moment où tout s'effondre pour la famille, l'espoir renaît ; mais il faut que l'huître meure pour que la perle naisse au jour… Le Bien et le Mal s'enchevêtrent. Il y a aussi des scènes inquiétantes au sein du monde animal, qui pour Steinbeck est représentatif du monde des hommes. Kino regarde comme un Dieu indifférent une fourmi isolée de son groupe qui lutte pour ne pas tomber dans l'antre du fourmilion. Au fond de la mer, les gros poissons mangent les petits, et le botete aux si belles couleurs est un terrible prédateur. Steinbeck procède selon le modèle de l'analogie*.

Les Blancs et les Indiens – Le conte se fait aussi critique sociale : le récit explore ainsi toute la profondeur sociologique d'un antagonisme historique entre les Blancs et les Indiens.

Le village de Salamanca, au Mexique, vers 1900 : en quoi peut-il vous faire penser à la description du village de Kino par Steinbeck ?

Les Blancs, le docteur, le curé peut-être, et bientôt les marchands et l'homme en noir qui les dirige, habitent à la ville, dans des maisons solides et en ciment. Ils mangent beaucoup, se nourrissent de mets recherchés et de sucreries (biscuits, chocolat), sont souvent gros. À la corruption du corps habillé de vêtements riches, lourds et raffinés, correspond celle de l'esprit. Les Indiens, eux, vivent simplement, près de la nature. Dans le village, les huttes laissent passer la lumière, il y a peu de portes, là où celles des riches se referment irrémédiablement. Leur nourriture est saine : des galettes, du pulque, des haricots. Leurs vêtements sont pauvres, usés mais ils les portent avec dignité.

Entre ces deux univers des passerelles marquent encore davantage les clivages : des portes et des grilles qu'on ferme stratégiquement (la scène où Kino demande le docteur est significative puisque les mains de Kino vont se briser sur le refus du riche d'aider le pauvre), une langue qui devient le moyen d'asservir et de tromper. Alors que Kino parle peu (« À quoi bon parler si c'est seulement par habitude »), le docteur use de son savoir pour dominer les faibles ; alors que Kino s'adresse au domestique dans sa langue natale, celui-ci, conscient qu'il est un intermédiaire dans l'échelle sociale, lui répond dans la langue des Blancs pour mieux marquer son mépris. Seule la pitié amènera le domestique à s'abaisser à parler la langue de la misère. Steinbeck atteint ici une précision remarquable dans l'analyse sociologique, en montrant comment tout élément fait signe, de la manière de tenir un chapeau à celle de s'exprimer.

Et si tout commençait là ?

Où l'histoire se noue – Si l'on prend en compte cette zone grise entre la ligne du Bien et celle du Mal, le schéma narratif de Steinbeck doit être également reconsidéré. Et si l'histoire ne commençait pas à la première page ? Si les deux premiers chapitres n'étaient qu'une sorte d'introduction musicale où se font entendre les chants et les thèmes qui seront développés par la suite ? Alors l'élément perturbateur n'est plus l'arrivée du scorpion mais la découverte de la perle. Le véritable début de l'histoire se situerait ainsi à la fin du chapitre 3. C'est en tout cas à partir de ce chapitre qu'on commence à juger les faits comme mémorables et dignes du souvenir. L'arrivée de la perle vient en effet rompre le fragile point d'équilibre du récit. Coyotito est blessé mais semble devoir guérir (peut-être Juana a-t-elle fait ce qu'il fallait ?) ; la pirogue flotte sur la mer entre la profondeur des océans et l'immensité du ciel. Les hommes sont ballottés entre les forces de l'univers, Kino et Juana plongent leurs pagaies dans l'eau « en parfait accord ». À ce moment de la journée et du récit, où domine l'indétermination, tous les mirages sont possibles ; l'illusion est prête à s'incarner.

La perle : une chance ou un malheur ? – La découverte de la perle est ainsi décrite à l'aide d'un important champ lexical du leurre : Steinbeck nous a précisé que la perle était biologiquement un accident, qui aurait pu ne pas être. À l'origine, un accident est un hasard malheureux, un événement qui entraîne des dégâts, un changement brutal et dangereux. La « Perle du Monde » que trouve Kino est une « chance », terme qui appartient à la même famille que « accident » et qui vient du verbe latin *cadere*, signifiant « tomber, chuter ». Dans l'entrebâillement de l'huître géante, Kino aperçoit une « lueur fantomatique » : il hésite et se demande s'il ne s'agit pas d'une « illusion totale ». Elle est pourtant là, énorme et brillante, semblable à la lune, mais Steinbeck veille moins à la décrire concrètement qu'à évoquer longuement son chant immatériel. Déjà Kino crie de joie et de puissance : le fragile équilibre du monde s'effondre, l'homme a éventré le coquillage et a volé la perle à la mer ; il prétend posséder le monde. C'est le début des rêves…

à vous…

Recherches

1 – Comment pêche-t-on les perles ? Quel est le symbolisme attribué à la perle ? Pourquoi dit-on qu'une perle peut mourir ?

2 – Qui étaient les Aztèques ? Comment comprendre la référence au roi d'Espagne à la page 38 ? Quels rapports entretiennent les Indiens et les Blancs à la fin du XIXe siècle dans l'État du Mexique ?

Au fil du texte

3 – Faites le repérage du champ lexical du « chant » et de la « musique ». Montrez comment l'organisation de celui-ci correspond au déroulement de l'intrigue.

4 – Relevez les différentes mentions faites à la religion et commentez-les.

5 – Repérez les éléments qui rapprochent l'attitude de Kino du comportement d'un animal. Quelles conclusions peut-on tirer de ce relevé ?

6 – Que révèle la description de l'intérieur de la maison du docteur sur le personnage ?

Grammaire et lexique

7 – Pourquoi l'adjectif « aiguë » comporte-t-il un tréma ? Connaissez-vous d'autres mots similaires ?

8 – Quels sont les mode et temps des verbes dans la phrase suivante : « Kino et Juana poussèrent la pirogue à l'eau et, quand elle entra dans la mer, Juana y grimpa, tandis que Kino, pataugeant à côté, poussait l'arrière jusqu'à ce qu'il fût à flot et dansât légèrement sur les petites vagues du bord » ?

9 – Steinbeck qualifie longuement le chant de la Perle : faites de même pour le chant du Mal.

10 – Passez le dialogue p. 32 de « Oui ? interrogea le docteur » à « Il a été appelé pour un cas urgent » au style indirect en précisant les éléments de changement que vous avez fait intervenir.

Invention

11 – À la première page du roman, Steinbeck décrit le réveil de Kino. Celui-ci a les yeux fermés et reconnaît les bruits du matin. À votre tour, décrivez votre réveil à partir des bruits familiers que vous entendez. Auparavant, pour éviter les répétitions et varier le vocabulaire, déterminez le champ lexical de l'ouïe et des sons.

CHAPITRE 4

Une ville ressemble à un animal. Elle possède un système nerveux, une tête, des épaules et des pieds. Chaque ville diffère de toutes les autres : il n'y en a pas deux semblables. Et une ville a des émotions d'ensemble. La façon dont une nouvelle s'y répand est un mystère bien difficile à éclaircir. On dirait qu'elle voyage plus vite que les gamins ne sont capables de courir pour l'annoncer, plus vite que les langues des femmes ne la propagent par-dessus les haies.

Bien avant que Kino, Juana et les autres pêcheurs eussent regagné la hutte, les nerfs de la ville vibraient et battaient à la nouvelle : Kino avait pêché la Perle du Monde. Avant même que les gosses essoufflés eussent pu articuler la nouvelle, leurs mères la connaissaient déjà. Elle avait passé en flèche le long des huttes pour tomber comme une vague écumante sur la ville de pierre et de ciment. Elle arriva aux oreilles du prêtre méditant dans son jardin, alluma un regard méditatif dans son œil et raviva la mémoire des réparations que nécessitait son église. Il se demanda ce que pourrait valoir la perle. Et en même temps il se demanda aussi s'il avait baptisé l'enfant de Kino et s'il l'avait marié, pour commencer. La nouvelle parvint aux boutiquiers qui rêvèrent devant leur stock de costumes d'hommes invendus.

La nouvelle atteignit le docteur pendant qu'il donnait une consultation à une femme dont la seule maladie était la vieillesse – bien que ni elle ni le docteur ne voulussent l'admettre. Et quand l'identité de Kino fut clairement établie, le docteur prit un air tout à la fois sévère et judicieux. « C'est un de mes clients, fit-il. Je soigne son enfant pour une piqûre de scorpion. » Et ses yeux virèrent dans leurs petits nids de graisse à l'évocation de Paris. Il se représentait la chambre d'hôtel qu'il avait habitée là-bas comme un vaste et luxueux palais et conservait de la femme aux traits durs, qui avait vécu avec lui, le souvenir d'une jeune fille ravissante et douce – bien qu'elle n'eût jamais été rien de tout cela. Le docteur détourna les yeux de la vieille et se vit trônant dans un restaurant parisien tandis qu'un sommelier débouchait une bouteille de vin devant lui.

La nouvelle était parvenue tout de suite aux mendiants sous le porche de l'église et elle les fit glousser de plaisir, car ils savaient par expérience qu'il n'est pas de plus généreux donateur qu'un pauvre auquel la fortune sourit tout à coup.

Kino avait trouvé la Perle du Monde. Dans des petites officines en ville, on trouve les hommes qui achètent les perles aux pêcheurs. Installés dans leurs fauteuils, ils attendent que les perles viennent à eux, et alors ils jacassent, chicanent, braillent et menacent jusqu'à ce qu'ils aient atteint le prix le plus bas que le pêcheur peut accepter. Mais il y a un prix au-dessous duquel ils n'osent jamais descendre, car il arrive que, de désespoir, le pêcheur s'en aille offrir ses perles à l'église. Et lorsque, le marché conclu, l'acheteur reste seul devant les perles, ses doigts jouent nerveusement avec elles et il rêve de les posséder. Car, en fait, il n'y a pas plusieurs acheteurs – il n'y en a qu'un seul et c'est pour simuler une concurrence qu'il distribue ses agents dans plusieurs bureaux. Lorsque ces hommes entendirent la nouvelle, leurs pupilles se rétrécirent, ils ressentirent une démangeaison au bout des doigts et songèrent que le patron ne vivrait pas toujours, qu'un autre finirait bien par prendre sa place. Et chacun se dit qu'avec un petit capital il lui serait facile de s'établir à son compte.

Des gens de toutes sortes se découvrirent un intérêt soudain pour Kino : des gens qui avaient des choses à vendre et des gens qui avaient des faveurs à demander. Kino avait trouvé la Perle du Monde. L'esprit de la perle, mélangé à celui de l'homme, donnait un étrange et sombre précipité[1]. Chaque individu trouva la relation qui l'unissait à la perle de Kino et celle-ci devint part de tous les rêves, les calculs, les projets, les plans, les espérances, les vœux, les besoins, les désirs et les fringales de chacun. Et à tout cela un seul être faisait obstacle : Kino, si bien que, étrangement, il devint l'ennemi de tous. La nouvelle avait éveillé un sentiment noir et diabolique dans la ville, et cette sombre mixture était comme le scorpion, ou comme la faim exaspérée par l'odeur des victuailles, ou la solitude quand l'amour se refuse. Les poches à venin de la ville se mirent à sécréter le poison et la cité entière s'enfla sous sa poussée.

Mais Kino et Juana ne savaient rien de tout cela. Comme ils se sentaient heureux et exaltés par le bonheur, ils pensaient que chacun partageait leur joie. Juan Tômas et Apolonia la partageaient et ils composaient le monde, eux

1. Précipité : en chimie, c'est le dépôt formé par un liquide au fond d'un récipient.

aussi. À la fin de l'après-midi, lorsque le soleil eut enjambé les montagnes de la Péninsule pour se coucher au large, dans la mer, Kino vint s'accroupir près de sa femme, dans sa maison. Les voisins emplissaient la hutte. Kino gardait la perle au creux de sa main et la sentait, vivante et chaude, tandis que, s'embellissant l'une et l'autre, la musique de la perle se fondait avec celle de la famille. Les voisins admiraient la perle dans la paume de Kino et se demandaient comment une telle chance pouvait arriver à un homme.

Et Juan Tômas qui, parce qu'il était le frère de Kino, s'était accroupi à la droite de celui-ci, demanda : « Que feras-tu, maintenant que tu es devenu un homme riche ? »

Kino plongea son regard dans sa perle, tandis que Juana, abaissant les paupières, ramenait son châle sur son visage pour dissimuler son émotion. Dans la flamme de la perle se formaient des images que l'esprit de Kino avait autrefois caressées, puis abandonnées comme impossibles. Dans la perle, il vit Juana, Coyotito et lui-même, debout puis agenouillés devant le grand autel : le prêtre les mariait, maintenant qu'ils avaient de quoi payer. « Nous allons nous marier… à l'église », annonça-t-il à voix basse.

Dans la perle, il vit comment ils seraient habillés : Juana dans un châle neuf, tout raide de nouveauté, et au bas de la longue jupe, Kino vit dépasser ses pieds chaussés de souliers. C'était là, dans la perle, c'était là qu'il voyait l'image. Lui aussi portait des habits blancs tout neufs et il tenait un chapeau à la main – pas un chapeau de paille, mais un beau feutre noir. Et lui aussi avait des chaussures – non pas des sandales, mais de vrais souliers à lacets. Et Coyotito – c'était lui qu'il fallait voir – était vêtu d'un costume marin bleu, le costume des marins américains, avec, sur la tête, une petite casquette de yachtman, comme celle que Kino avait vue, il y avait longtemps, à bord d'un bateau de plaisance ancré dans l'estuaire. Toutes ces choses, Kino les vit dans la perle luisante et il dit : « Nous aurons des habits neufs. »

Et la musique de la perle s'éleva comme une fanfare de trompettes dans ses oreilles.

Puis, sur la surface grise et tendre, apparurent les petites choses que Kino désirait : un harpon pour remplacer celui qu'il avait perdu l'an dernier – un nouveau harpon de fer, avec un anneau au bout de la flèche ; et encore – mais son esprit osait à peine le formuler – un fusil… mais pourquoi pas, puisqu'il était tellement riche, à présent. Et Kino vit Kino dans la perle : Kino tenant une carabine Winchester au poing. Un rêve éveillé, le rêve le plus fou… mais tellement agréable. Ses lèvres hésitèrent avant de dessiner les mots : « Un fusil… un fusil, peut-être. »

C'est le fusil qui rompit les digues. C'était l'objet hors d'atteinte, et si Kino pouvait concevoir l'idée d'un fusil, alors il n'y avait plus de limites à ses désirs. Car on dit que l'homme n'est jamais satisfait ; qu'une chose lui soit offerte, et il en souhaite une seconde. Cela est dit dans un sens de dénigrement et c'est cependant là une des plus grandes qualités de la race humaine, celle qui la rend supérieure aux animaux, lesquels se contentent de ce qu'ils ont.

Silencieusement entassés dans la maison, les voisins opinaient du chef en écoutant ses rêves délirants. Au fond de la pièce, un homme chuchota : « Un fusil. Il va avoir un fusil ! »

La musique de la perle clamait triomphalement aux oreilles de Kino. Juana releva la tête, les yeux agrandis d'admiration devant le courage et l'imagination de son mari. Et maintenant que les digues étaient rompues, une force électrisante l'empoigna. Dans la perle, il vit Coyotito à l'école, assis devant son petit pupitre – comme les enfants qu'il avait aperçus par une porte entrouverte. Et Kino portait un veston, un col blanc et une large cravate de soie. Et qui plus est, Coyotito écrivait sur une grande feuille de papier. Kino regarda les voisins d'un œil fulgurant. « Mon fils ira à l'école », annonça-t-il à ses auditeurs abasourdis. Juana retint son souffle. Ses yeux brillants étaient rivés sur le visage de son mari ; elle les baissa une seconde sur Coyotito qui gisait dans ses bras, comme pour s'assurer que la chose était possible.

Mais l'inspiration prophétique illuminait maintenant le visage de Kino. « Mon fils saura lire dans les livres. Mon fils saura tracer les chiffres et tout cela nous rendra libres, car il aura la connaissance des choses et à travers lui nous l'aurons aussi. » Et dans la perle, Kino se vit accroupi près du feu avec Juana tandis qu'à leur côté, Coyotito lisait dans un gros livre. « Voilà ce que fera la perle », déclara Kino. C'était la première fois de sa vie qu'il prononçait autant de mots d'un seul coup. Et soudain, il eut peur de ses paroles. Sa main se referma sur la perle et en éteignit l'éclat. Kino avait peur comme a peur l'homme qui a dit : « Je veux », sans savoir.

Et les voisins comprirent qu'ils avaient été les témoins d'une grande merveille, que le temps se compterait maintenant à partir de la perle de Kino et que pendant de longues années on discuterait encore de l'événement. Et si ces choses devaient un jour appartenir au passé, on rappellerait le visage changé de Kino, ses paroles, ses yeux étincelants, et l'on dirait : « C'était un homme transfiguré. Un pouvoir lui avait été donné, et c'est alors que tout a commencé. Vous voyez le grand homme qu'il est devenu depuis ce moment-là. Eh bien, j'ai vu la chose se produire devant mes yeux.»

Mais si tous les projets de Kino n'aboutissaient à rien, alors ces mêmes voisins diraient : «C'est ainsi que ça a commencé. Une folie insensée l'a pris et il a dit des choses extravagantes. Que Dieu nous préserve d'une pareille erreur. Oui, Dieu a puni Kino parce qu'il s'est révolté contre son sort. Vous voyez ce qu'il est devenu. Et je l'ai vu de mes yeux perdre la raison.»

Kino abaissa le regard sur sa main fermée et sur le poing qui avait frappé la porte; la chair se resserrait et se couvrait maintenant de croûtes.

Le crépuscule descendait. Juana noua son châle sous le bébé pour le suspendre contre sa hanche, puis, allant au trou du foyer, elle découvrit un tison sous les cendres, cassa quelques brindilles au-dessus et l'éventa pour le ranimer. Les petites flammes dansantes éclairèrent le visage des voisins. Ils savaient qu'ils auraient dû rentrer chez eux pour le dîner du soir, mais ils n'avaient pas envie de partir.

Bientôt, il fit presque noir et le foyer de Juana projetait des ombres sur les murs de branchages lorsque, de bouche en bouche, un chuchotement parvint à l'intérieur : «Le Père arrive… le prêtre… » Les hommes se découvrirent et s'effacèrent de l'entrée, tandis que les femmes, drapant leur châle sur leur visage, baissaient les yeux. Kino et son frère Juan Tômas se levèrent et le prêtre entra – un vieil homme grisonnant, à la peau ridée, au regard alerte et incisif. Il considérait tous ces gens comme des enfants et les traitait comme tels.

«Kino, dit-il d'une voix douce, tu as été nommé d'après

un grand homme – un des Pères de l'Église[1].» Il faisait ronronner sa voix comme une bénédiction. «Ton homonyme a soumis le désert et pacifié le cœur de ton peuple. Le savais-tu? C'est dit dans les livres.»

Kino regarda vivement vers Coyotito dont la petite tête reposait sur la hanche de sa mère. Un jour, lui disait son esprit, un jour, cet enfant saura ce qui est dans les livres et ce qui n'y est pas. Dans le cœur de Kino, la musique s'était tue mais voilà que, lentement, faiblement, la mélodie du matin – la musique du mal, de l'ennemi s'éleva, mince et ténue encore. Et Kino regarda les voisins en se demandant qui pouvait l'avoir apportée.

Mais le prêtre avait repris. «Il est venu à mon oreille que tu avais trouvé une grande fortune, une grosse perle.»

Ouvrant la main, Kino la tendit et le curé suffoqua légèrement devant sa taille et sa beauté. Puis il dit : «J'espère, mon fils, que tu songeras à remercier Celui qui t'a donné ce trésor et à Le prier pour qu'Il te guide dans l'avenir.»

Kino acquiesça sans un mot et ce fut Juana qui répondit humblement : «Oui, mon père. Et nous allons nous marier, maintenant. C'est Kino qui l'a dit.» Du regard, elle appela la confirmation des voisins et tous opinèrent solennellement.

«Il est doux de constater, poursuivit le prêtre, que vos premières pensées sont de bonnes pensées. Dieu vous bénisse, mes enfants.» Il pivota et sortit vivement, et les gens s'effacèrent pour le laisser passer.

Mais la main de Kino s'était refermée et il jetait des regards soupçonneux autour de lui, car, dans ses oreilles, le chant maudit affrontait crûment la musique de la perle.

1. Père de l'Église : écrivain ou religieux dont les textes font autorité en matière de foi. Ici il s'agit d'Eusébio Kino, qui a évangélisé le Mexique.

Les voisins s'esquivèrent; Juana s'accroupit devant l'âtre et posa le pot de terre plein de haricots bouillis sur la petite flamme. Kino s'en vint sur le pas de la porte et regarda au-dehors. Comme d'habitude, il renifla l'odeur de fumée des autres foyers, il vit les étoiles vaporeuses et, ressentant l'air humide de la nuit, il se couvrit le nez pour s'en préserver. Le chien maigre s'approcha de lui et lui fit fête, la queue frétillante comme un drapeau battu aux vents, et Kino, abaissant les yeux sur lui, le regarda sans le voir. Il avait forcé l'horizon et se retrouvait maintenant dans un paysage noyé et désolé. Il se sentait seul et désarmé – et les crissements des grillons, les cris perçants des grenouilles d'arbres et les coassements des crapauds semblaient reprendre en chœur la mélodie du mal. Kino frissonna un peu et remonta la couverture plus près de son nez. Il tenait toujours la perle serrée dans le creux de sa main, et elle était tiède et douce à sa peau.

Dans la maison, il entendait Juana modeler les galettes à petits coups du plat de la main, pour les mettre à cuire sur le plateau de terre. La chaude sécurité familiale l'enveloppa et, dans son dos, lui parvint le Chant de la Famille, comme un ronronnement de chaton. Mais, en décrivant l'avenir, il lui avait donné corps. Un plan est une chose réelle, et chose projetée est chose expérimentée. Un plan fait et visualisé devient une réalité parmi les autres – il ne pourra jamais être détruit, mais sera facilement attaqué. Ainsi donc, l'avenir de Kino était réel, mais, du moment qu'il l'avait formulé, d'autres forces allaient se dresser pour le détruire – et Kino le savait, aussi devait-il se préparer à faire face à l'attaque. Et, encore une chose que Kino savait, les dieux n'aiment pas les projets des hommes, les dieux n'aiment pas le succès humain, à moins qu'il ne soit un accident. Il savait que les dieux se vengent d'un homme qui a réussi par ses propres efforts. C'est pourquoi Kino avait peur des projets ; mais, les ayant faits, il ne pourrait jamais y renoncer. Et pour faire face à l'attaque, il se composait déjà une dure carapace contre le monde. Ses yeux et son esprit sondaient le danger avant qu'il se manifestât.

Du pas de la porte, il vit deux hommes approcher ; l'un d'eux portait une lanterne qui éclairait leurs jambes et le sol. Ils franchirent l'entrée de la haie et arrivèrent devant lui. Et Kino vit que c'était le docteur accompagné du domestique qui avait ouvert la porte ce matin, et le poignet blessé de Kino brûla lorsqu'il les reconnut.

Le docteur dit : « Je n'étais pas chez moi quand vous êtes venu, ce matin. Mais maintenant, dès que j'ai pu, je viens voir le bébé. »

Debout sur le seuil, Kino bouchait l'entrée ; une haine rageuse brûlait au fond de ses yeux, mais la peur s'y mêlait – car les siècles de servage étaient profondément imprimés en lui.

« Le bébé va beaucoup mieux », dit-il brièvement.

Le docteur eut un sourire, mais, dans leurs petites poches lymphatiques, ses yeux ne sourirent pas.

« Mon ami, fit-il, il arrive que la piqûre de scorpion ait de curieux effets. Un mieux peut paraître se produire et tout à coup – ppfff... » Il fronça les lèvres et émit un léger éclatement de bulle pour montrer combien la chose pouvait être foudroyante. En même temps, il déplaça sa petite trousse médicale pour l'amener dans la lumière, car il savait que Kino et ses pareils adoraient les instruments de toutes sortes et y croyaient. « Parfois, poursuivit-il d'une voix doucereuse, une jambe reste raide, un œil aveugle, un dos paralysé. Ah! mon ami, je connais la piqûre du scorpion, je sais la guérir.»

Kino sentit sa haine et sa rage se changer en peur. Il ne savait pas et peut-être ce docteur savait-il. Et il ne pouvait pas se permettre d'opposer son ignorance certaine à la connaissance possible de cet homme. Il était traqué, comme ceux de sa race l'étaient toujours et le seraient encore jusqu'au jour où – comme il l'avait annoncé – ils pourraient s'assurer que ce qui est dans les livres y est vraiment. Il ne pouvait pas courir de risque – pas avec la vie et la santé de Coyotito. Il s'effaça pour laisser entrer le docteur et son domestique dans la hutte.

Lorsqu'elle les vit, Juana se leva et s'écarta du foyer, et elle recouvrit la tête du bébé des franges de son châle. Et quand le docteur s'approcha d'elle et avança la main, elle serra l'enfant contre elle et regarda Kino qui se tenait immobile devant le feu dont les flammes projetaient de grandes ombres mouvantes sur son visage.

Kino approuva de la tête et seulement alors permit-elle au docteur de toucher à l'enfant.

«Donnez de la lumière», fit-il, et quand le domestique eut levé la lanterne, il considéra la blessure à l'épaule du petit. Il resta un moment songeur, puis souleva la paupière du bébé et examina son œil en hochant la tête, tandis que Coyotito essayait de lui résister.

«C'est bien ce que je pensais, fit-il. Le poison a pénétré profondément et il ne va pas tarder à frapper. Tenez, regardez.» Il maintint la paupière. «Voyez, c'est bleu.» Et Kino, qui regardait anxieusement, vit qu'en vérité c'était un peu bleu. Mais il ne pouvait pas dire si oui ou non l'œil avait toujours été bleuté. Le piège était tendu. Il ne pouvait pas prendre de risque.

Les yeux du docteur larmoyèrent dans leurs petites poches. « Je vais lui donner quelque chose pour essayer de détourner le poison », annonça-t-il. Et il tendit le bébé à Kino.

Alors il sortit de sa trousse une petite bouteille de poudre blanche et une capsule de gélatine. Il remplit la capsule de poudre, la referma, puis, autour de cette première capsule, il en plaça une autre qu'il ferma également. Ses mains étaient agiles. Il prit le bébé et pinça sa lèvre inférieure pour lui faire ouvrir la bouche. Ses gros doigts boudinés déposèrent la capsule tout au fond de la langue de l'enfant, afin qu'il ne puisse pas la cracher et, ramassant sur le sol le pichet de pulque, il lui en fit avaler une gorgée, et ce fut fait. Il observa encore une fois le globe de l'œil du bébé et, fronçant les lèvres, prit un air méditatif.

Finalement, il rendit le petit à Juana et se tourna vers Kino.

« Je pense, dit-il, que le poison se manifestera dans l'heure qui va suivre. Le médicament préservera sans doute l'enfant, mais je reviendrai dans une heure. Peut-être suis-je arrivé à temps pour le sauver. » Il poussa un long soupir et quitta la hutte, suivi par son domestique portant la lanterne.

CHAPITRE 5

Juana avait remis le bébé sous son châle et le regardait anxieusement. Kino s'approcha d'elle, releva le châle et le contempla à son tour. Avançant la main pour soulever la paupière, il se rendit compte que la perle était toujours au creux de sa paume. Alors, se dirigeant vers une caisse posée contre le mur, il en sortit un morceau de chiffon. Il enveloppa la perle dans l'étoffe puis, choisissant un coin de la hutte, il creusa de ses doigts un petit trou dans la terre battue, y enfouit la perle, referma le trou et dissimula la cachette. Cela fait, il revint vers le foyer où Juana, accroupie, épiait le visage du bébé.

De retour chez lui, le docteur s'installa dans son fauteuil et consulta sa montre. Ses gens lui servirent un léger souper de chocolat chaud, de biscuits et de fruits, mais il considéra son repas d'un œil maussade.

Chez les voisins, on discutait pour la première fois de l'événement qui allait devenir un sujet intarissable de conversation. À la mesure du pouce, ils se montraient l'un l'autre la grosseur de la perle, et avec de petits gestes caressants, expliquaient combien elle était belle. À dater de ce moment, ils allaient surveiller étroitement Kino et Juana, pour voir si la richesse ne leur tournerait pas la tête, comme cela se produit habituellement. Tout le monde savait pourquoi le docteur était venu. La dissimulation n'était pas son fort et on l'avait depuis longtemps percé à jour.

Là-bas, dans l'estuaire, un banc serré de petits poissons rutilait, fendant l'eau pour échapper à un autre banc de poissons plus gros qui les poursuivait pour les dévorer. Et de leurs huttes, les pêcheurs pouvaient entendre le chuintement de leur fuite et les «floc» des gros poissons voraces bondissant pour le carnage. L'humidité se leva sur le Golfe et vint se déposer en gouttelettes salées sur les buissons, les cactus et les arbustes. Les souris et les mulots commencèrent leurs rondes et les petits faucons de nuit leur donnèrent silencieusement la chasse.

Le petit chien noir efflanqué, taché de feu autour des yeux, s'approcha de la porte de Kino et lança un coup d'œil à l'intérieur. Un regard de Kino le fit frétiller à se déhancher l'arrière-train, puis il s'immobilisa dès que Kino eut détourné les yeux. Il n'osait pas franchir le seuil et restait là à contempler avidement Kino, pendant que celui-ci mangeait ses haricots dans l'assiette de poterie, la nettoyait soigneusement avec une galette de maïs, puis, ayant mangé la galette, faisait descendre le tout d'une gorgée de pulque.

Ayant terminé, Kino roulait déjà une cigarette lorsque Juana l'appela d'une voix angoissée. Il la regarda, se leva et s'approcha vivement, car il avait lu la terreur dans ses yeux. Debout à côté d'elle, il abaissa son regard vers l'enfant, mais la lumière était trop faible. Il lança une poignée de brindilles dans l'âtre pour faire une flambée et alors il put voir le visage de Coyotito. Il était congestionné, sa gorge s'agitait et un long filet d'épaisse salive s'échappait de ses lèvres. Les spasmes de l'estomac avaient commencé et l'enfant était très malade.

Kino s'agenouilla près de sa femme. « Ainsi, le docteur savait », dit-il, mais il parlait autant pour lui que pour elle, car dans son esprit durci et soupçonneux demeurait le souvenir de la poudre blanche. Juana se balança en chantonnant la petite chanson de la famille, comme si elle pouvait conjurer le danger, et Coyotito vomit en se tordant dans ses bras. Le doute avait envahi Kino et la musique du mal qui roulait dans son crâne étouffait presque la chanson de Juana.

Le docteur termina son chocolat et grignota un biscuit sucré qui s'émiettait. Il effleura sa serviette du bout des doigts, regarda sa montre, et saisit sa petite trousse.

La nouvelle de la crise du bébé se répandit instantanément dans les huttes car, après la faim, la maladie est le plus grand ennemi du pauvre. Et certains murmurèrent à voix basse : « Vous voyez, la chance amène toujours de mauvais amis. » Et, hochant la tête, ils s'en allèrent vers la maison de Kino. Le nez emmitouflé, les voisins s'empressèrent dans le noir et se retrouvèrent à nouveau dans la hutte. Immobiles, ils regardèrent curieusement en constatant, par de brefs commentaires, combien il était triste que cela arrivât en un temps de joie, et ils ajoutèrent : « Tout est dans les mains de Dieu. » Les vieilles femmes s'accroupirent près de Juana pour essayer de l'aider si elles pouvaient, et de la réconforter, faute de mieux.

À ce moment, le docteur arriva précipitamment, suivi de son domestique. Il chassa les vieilles femmes comme des volailles. Prenant le bébé, il l'examina et tâta son crâne. « Le poison a agi, dit-il. Mais je crois que je peux le vaincre. Je ferai tout ce qui est en mon pouvoir.» Il demanda de l'eau, versa trois gouttes d'ammoniaque dans le bol et, ouvrant de force la bouche de l'enfant, le fit boire. Coyotito cracha et hurla pendant que sa mère le regardait d'un œil épouvanté. Tout en travaillant, le docteur parlait. «Il est heureux que je connaisse le poison du scorpion, autrement… », dit-il, et d'un haussement d'épaules laissa entendre ce qui aurait pu arriver.

Mais Kino était soupçonneux; il ne pouvait pas détacher son regard de la trousse ouverte et de la petite bouteille de poudre blanche qui s'y trouvait. Progressivement, les spasmes se calmèrent et le bébé s'apaisa sous les doigts du docteur. Puis Coyotito poussa un gros soupir et s'endormit car les vomissements l'avaient épuisé.

Le docteur remit l'enfant dans les bras de Juana.

«Il ira bien maintenant, dit-il. J'ai gagné la partie.» Et Juana le regarda avec adoration. Maintenant, le docteur fermait sa trousse.

«Quand, demanda-t-il, pensez-vous que vous pourrez payer ma note?» Et il le demanda même d'une voix amicale.

«Je vous paierai dès que j'aurai vendu ma perle, répondit Kino.

– Vous avez une perle? Une belle perle?» questionna le docteur avec intérêt.

Alors le chœur des voisins éclata :

«Il a trouvé la Perle du Monde! » s'exclamèrent-ils, et joignant le bout du pouce et de l'index, montrèrent la grosseur de la perle.

«Kino va devenir un homme riche, proclamèrent-ils. C'est une perle comme on n'en a jamais vu.»

Le docteur eut l'air surpris. «Je n'en ai rien entendu.

L'avez-vous mise en sécurité ? Peut-être voudriez-vous que je la dépose dans mon coffre ? »

Kino avait voilé son regard et ses mâchoires serrées creusaient ses joues.

« Je l'ai mise en sécurité, dit-il. Demain je vais la vendre et alors je vous paierai. »

Le docteur eut un haussement d'épaules, mais ses yeux ne quittèrent pas Kino. Il savait que la perle devait être enterrée quelque part dans la maison et il pensait que Kino aurait peut-être un regard dans la direction de la cachette. « Il serait malheureux qu'elle soit volée avant que vous puissiez la vendre », fit-il, et les yeux de Kino volèrent involontairement vers le pilier, au coin de la hutte, là où il avait enfoui la perle.

Quand le docteur fut parti et qu'à contrecœur les voisins eurent rejoint leurs maisons, Kino s'accroupit auprès des petits tisons ardents du trou à feu et écouta les bruits de la nuit, la douce caresse des petites vagues sur la grève, l'aboiement des chiens dans le lointain, le chuchotement de la brise dans le chaume de la toiture et les murmures étouffés des voisins dans leurs huttes. Car tous ces gens ne dormaient jamais une nuit pleine ; ils se réveillaient par intervalles, bavardaient un peu, puis se rendormaient. Et, un moment plus tard, Kino se leva et vint à la porte de sa maison.

Il huma la brise, tendit l'oreille, aux aguets du moindre bruit inusité, et plongea son regard dans la nuit, car la musique du mal retentissait dans son crâne et Kino écoutait, farouche et effrayé. Lorsque, de tous ses sens, il eut scruté les ténèbres, il vint à sa cachette, au pied du poteau, creusa et apporta la perle sur sa natte et là, sous cette natte où il dormait, il fit un autre petit trou dans la terre battue, y enfouit son trésor et le recouvrit.

Et Juana, assise auprès de l'âtre, le regarda faire d'un œil interrogateur et, lorsqu'il eut enterré la perle, elle lui demanda :

« Qui crains-tu donc ? »

Kino chercha une réponse sincère et finalement avoua :

« Tout le monde », et il sentit la dure carapace se tendre tout autour de lui.

Un instant après, ils s'étendirent l'un près de l'autre sur la natte. Ce soir, Juana n'avait pas couché Coyotito dans sa caisse, mais l'avait gardé au creux de son bras, la tête recouverte par son châle. Et la dernière lueur du dernier tison mourut dans l'âtre.

Mais même dans son sommeil, le cerveau de Kino brûlait et il rêva que Coyotito savait lire que quelqu'un de son peuple pourrait lui dire la vérité des choses. Et dans son rêve, Coyotito lisait dans un livre aussi grand qu'une maison ; les lettres étaient grosses comme des chiens et les mots caracolaient et dansaient sur les lignes. Puis les ténèbres s'étendirent sur la page et avec elles la musique du mal retentit de nouveau. Kino s'agita dans son sommeil et à son mouvement Juana ouvrit les yeux dans le noir. Kino s'éveilla à son tour : la musique du mal battait au rythme de son sang et il resta immobile dans la nuit, l'oreille aux aguets.

Et soudain, du coin de la hutte, arriva un son, mais si étouffé qu'il aurait pu n'être qu'une simple illusion, un tout petit mouvement furtif, un pied effleurant le sol, le ronronnement presque imperceptible d'une respiration contenue. Kino arrêta son souffle pour écouter et sentit que, quel qu'il fût, l'être noir et mystérieux qui était dans sa maison arrêtait aussi son souffle et écoutait. Pendant un instant, nul bruit ne vint du coin de la hutte. Et Kino faillit croire qu'il avait rêvé. Mais la main de Juana se glissa sur lui, pour le mettre en garde, et le son retentit de nouveau : le chuchotement d'un pied sur la terre sèche et le grattement d'un doigt contre le sol.

Une peur panique[1] s'éleva dans la poitrine de Kino et – comme il arrive toujours – cette peur se transforma en colère. La main de Kino glissa le long de sa poitrine vers son couteau suspendu à une corde, puis il se détendit comme un chat en furie; sifflant et frappant, il bondit vers la sombre chose qu'il savait être dans le coin de sa maison. Il toucha des vêtements, frappa avec son couteau, manqua et frappa encore et sentit son poignard s'enfoncer dans l'étoffe, mais soudain une lueur éblouissante traversa son crâne qui éclata de douleur. Il y eut un piétinement étouffé à la porte, un bruit de fuite, puis le silence retomba.

Kino sentit le sang chaud couler sur son front et entendit Juana l'appeler d'une voix étranglée de terreur :

« Kino ! Kino ! »

Le calme revint en lui aussi vite que la rage l'avait emporté, et il répondit :

« Je n'ai rien. La chose est partie. »

Il revint à tâtons vers la natte. Déjà Juana ranimait le feu. Déterrant une braise, elle émietta des feuilles de maïs sèches au-dessus, aviva la petite flamme, et une mince lueur dansa bientôt dans la maison. Et, sortant un cierge bénit de sa cachette, elle l'alluma à la flamme et le fixa sur la pierre du foyer. Elle travaillait vite, marmonnant tout en

1. Panique : le mot vient du dieu grec Pan*. Terreur subite et violente, parfois collective, à l'origine liée à la vision du dieu Pan.

s'activant. Elle trempa le coin de son châle dans l'eau et épongea le sang sur le front blessé de son mari.

«Ce n'est rien, dit Kino», mais sa voix et ses yeux étaient durs, glacés, et une sourde haine croissait en lui.

Et soudain l'angoisse qui avait peu à peu envahi Juana éclata. Les lèvres serrées, elle s'écria d'une voix rauque :

«C'est l'esprit du mal! Cette perle, c'est le péché! Elle nous fera périr! » Sa voix devenait perçante. «Jette-la, Kino! Écrasons-la entre deux pierres. Enterrons-la quelque part et oublions l'endroit! Rejetons-la à la mer. Elle nous apporte le malheur. Kino, mon homme, elle va nous faire périr! »

Et, à la lueur du cierge, ses lèvres et ses yeux clamaient sa frayeur.

Mais le visage de Kino resta ferme; son esprit et sa volonté restèrent fermes.

«Cette perle est notre unique chance, répondait-il. Notre fils doit aller à l'école. Il faut qu'il brise la muraille qui nous enferme.

– Elle nous détruira tous, pleura Juana. Tous, même notre fils.

– Chut... fit Kino. Ne parle plus. Au matin, nous vendrons la perle, et alors le mal partira et il ne restera que le bon. Maintenant, tais-toi, femme.»

Ses yeux noirs regardaient sombrement la flamme et, pour la première fois, il remarqua qu'il tenait encore le coutelas dans sa main. Il leva la lame, la regarda et vit une petite traînée de sang sur l'acier. Il amorça le geste d'essuyer la lame sur son pantalon, hésita puis plongea le couteau dans la terre pour le nettoyer.

Au loin, les coqs commencèrent à chanter et l'air se modifia : l'aube arrivait. Le vent du matin fronça l'eau de l'estuaire et chuchota dans les mangroves ; sur la grève, les petites vagues vinrent échouer à un rythme plus vif dans la frange des coquillages. Kino souleva la natte, déterra la perle, la posa devant lui et la considéra longuement.

Et la beauté de cette perle, chatoyant et scintillant à la lueur du petit cierge, abusa encore une fois de son cerveau. Elle était si adorable, si douce, et sa propre musique se dégageait d'elle : un chant de promesses et de délices, l'assurance du futur, de l'aisance, de la sécurité. Sa chaude iridescence[1], c'était la panacée[2] contre la maladie, le mur contre l'insulte. Elle fermait la porte à la famine. Et, à la contempler, les yeux de Kino s'adoucirent, son visage se détendit. Il vit l'image du petit cierge bénit se refléter dans la surface lisse de la perle, et à ses oreilles revint l'adorable musique sous-marine, le chant de la verte lumière diffuse des fonds. Juana le regarda furtivement et le vit sourire. Et, comme d'une certaine manière ils ne faisaient qu'un seul être, n'avaient qu'un seul but, elle sourit avec lui. Et ils commencèrent cette journée dans l'espoir.

1. Iridescence : qualité de ce qui brille avec des reflets irisés.
2. Panacée : remède universel à toutes les maladies. Par extension la panacée prétend résoudre tous les problèmes.

CHAPITRE 6

C'est merveilleux de voir combien une petite ville est consciente. Si un homme, une femme, un enfant ou un bébé agit et se conduit selon les règles établies, n'enfreint aucune loi, ne diffère de personne, ne risque aucune tentative, ne tombe pas malade et ne vient troubler en rien le confort, la paix morale ou le cours tranquille des jours de la ville, alors cet élément peut disparaître sans qu'on se soucie jamais de lui. Mais qu'un être sorte de la norme des pensées ou des habitudes rituelles, et aussitôt les nerfs de tous les citadins vibrent, un courant s'établit le long des fibres nerveuses de la ville. Et chacune des unités communique avec l'ensemble.

C'est ainsi que très tôt, ce matin-là, toute la ville de La Paz se trouva informée du fait que Kino allait vendre sa perle dans la journée. On le savait dans les huttes avoisinantes et chez les pêcheurs de perles ; dans les boutiques des épiciers chinois ; on le savait à l'église où les enfants de chœur discutaient à voix basse de l'événement. La rumeur se glissa chez les nonnes. Devant l'église, les mendiants en parlaient entre eux, car ils ne manqueraient pas d'être là pour recevoir la dîme[1] sur les premiers fruits de la chance. La nouvelle avait excité tout le monde et particulièrement les gamins, mais les acheteurs de perles, eux aussi, le savaient dès les premières heures de la matinée. On aurait pu voir chacun assis tout seul à son bureau en train de rouler machinalement les perles au bout des doigts sur leur petit plateau de velours en songeant au rôle qu'il remplirait dans l'aventure.

Chaque acheteur était censé agir pour son compte et affronter ses concurrents aux enchères pour l'acquisition des perles apportées par les pêcheurs. Et il fut un temps où il en était ainsi. Mais c'était là une méthode de gaspillage, car il était parfois arrivé que, dans le feu des enchères pour l'obtention d'une belle perle, d'énormes sommes avaient été offertes aux pêcheurs, extravagance qu'il ne fallait pas encourager. À présent, il n'y avait plus qu'un seul acheteur avec de nombreux sous-ordres, et les hommes qui, dans leurs bureaux, attendaient Kino savaient tous quel prix ils offriraient, jusqu'où ils monteraient et quelle serait la méthode employée par chacun d'entre eux. Et bien que cet achat ne rapportât à ces hommes rien de plus que leur salaire habituel, l'agitation avait quand même saisi tous les acheteurs de perles, car toute chasse apporte une émotion, et si la tâche d'un homme consiste à faire baisser un prix, alors il doit trouver plaisir et satisfaction à le faire baisser au maximum. Car dans ce monde, chacun fonctionne au mieux de ses facultés et fait de son mieux, quoi qu'il en pense. En dehors de toute considération de récompense, de

1. Dîme : le mot vient de *decima*, la dixième partie de quelque chose. La dîme était, sous l'Ancien Régime, la fraction d'un produit de la terre versée à l'Église.

compliment ou d'avancement, un acheteur de perles est un acheteur de perles, et le plus heureux est celui qui a pu acheter au plus bas prix.

Ce matin-là, le soleil brûlant et doré pompait l'humidité de l'estuaire et du Golfe et la dispersait en écharpes scintillantes à travers l'espace, si bien que l'atmosphère vibrait et que la vue était irréelle. Au nord de la ville, un mirage était suspendu en l'air – le mirage d'une montagne qui s'élevait à plus de trois cents kilomètres de là – et ses flancs abrupts paraissaient couverts de pins et surmontés d'un haut pic rocheux et dénudé.

Toute la matinée, les pirogues échouées restèrent couchées sur la grève; les pêcheurs de perles ne plongeraient pas ce jour-là, car il y aurait trop d'événements, trop de choses à voir, lorsque Kino irait vendre sa perle.

Dans leurs huttes au bord de la grève, les voisins de Kino s'attardèrent autour du petit déjeuner en discutant de ce qu'ils feraient, s'ils avaient trouvé cette perle. Un homme déclara qu'il l'offrirait au Saint-Père, à Rome. Un autre, qu'il paierait pendant mille ans des messes pour toutes les âmes de sa famille. Un autre encore, qu'il prendrait tout l'argent et le distribuerait aux pauvres de La Paz, et un quatrième estima toutes les bonnes œuvres qu'on pourrait faire avec le prix de la perle, toutes les aumônes, les secours et les sauvetages qu'on pourrait accomplir si on avait de l'argent. Et tous firent des vœux pour que la soudaine fortune de Kino ne lui tournât pas la tête, pour qu'elle n'en fît pas un homme riche, pour qu'elle ne semât pas en lui les germes malfaisants de l'avidité, de la haine et de l'indifférence. Car Kino était aimé de tous; ce serait un malheur si la perle venait à le changer.

«Et Juana, une si bonne femme, dirent-ils, et le beau

petit Coyotito et ceux à venir. Quelle pitié ce serait, si la perle venait à les détruire ! »

Pour Kino et Juana, ce jour était le grand jour de leur vie – comparable seulement au jour de la naissance du bébé – car c'est celui-là qui allait déterminer tous les autres. Par exemple, ils diraient plus tard :

« C'est arrivé deux ans avant que nous vendions la perle. » Ou bien : « C'était six semaines après la vente de la perle. »

Consciente de l'importance de l'événement, Juana abandonnant toute retenue mit à Coyotito les vêtements qu'elle réservait pour son baptême – quand ils auraient assez d'argent pour payer le baptême... Elle peigna et natta ses cheveux et en attacha les bouts avec deux petits nœuds de ruban rouge, puis elle revêtit sa jupe et sa blouse de mariée. Le soleil était au quart de sa course quand ils furent prêts. Les guenilles blanches de Kino étaient du moins propres, et ce jour verrait leur fin. Car demain, ou peut-être même dans l'après-midi, Kino achèterait des habits neufs.

Les voisins, qui surveillaient la porte de Kino à travers les fentes de leurs huttes, étaient déjà habillés et prêts à partir. C'est le plus naturellement du monde qu'ils accompagnaient Kino et Juana à la vente de la perle. C'était chose normale, attendue. Il s'agissait d'un événement mémorable, et ils auraient été fous de ne pas y participer. De plus, cela aurait presque semblé inamical.

Juana disposa soigneusement son châle sur sa tête et, drapant le plus long pan sous son coude droit, fronça le bout de tissu dans sa main droite pour faire un petit hamac sous son bras ; elle y assit Coyotito, l'adossant contre le châle, afin qu'il pût tout voir et, peut-être, se rappeler. Kino coiffa son large chapeau de paille, s'assura de la main qu'il était bien ajusté, ni trop en arrière, ni incliné à un angle trop provocant, à la façon d'un célibataire écervelé et irresponsable, ni trop droit, comme le portent les vieux, mais légèrement penché en avant en signe de sérieux, de vigueur, de caractère. On peut lire beaucoup de choses dans la manière dont un homme baisse son chapeau sur sa tête. Kino glissa ses pieds dans ses sandales et remonta la courroie au-dessus de son talon. La grosse perle était enveloppée dans un morceau de vieille peau de daim veloutée et placée au fond d'un petit sac de cuir ; le sac de cuir reposait dans la poche de la chemise de Kino. Il plia soigneusement sa couverture en une bande étroite qu'il jeta sur son épaule et, après cela, ils furent prêts.

D'un pas digne, Kino sortit de sa maison, suivi par Juana portant Coyotito. Dès qu'ils se furent engagés dans le chemin frais encore de rosée, les voisins emboîtèrent le pas en direction de la ville. Les maisons vomissaient des gens, les seuils crachaient des enfants. Mais, à cause de l'événement, une seule personne marchait à la hauteur de Kino : son frère, Juan Tômas.

Et Juan Tômas lui prodiguait les conseils :

« Fais attention. Ne te laisse pas voler », dit-il.

Puis :

« Fais bien attention ! » et Kino opina.

« Nous ne connaissons pas le prix que l'on paie autre part, poursuivit Juan Tômas. Comment pouvons-nous savoir si le prix est raisonnable, quand nous ignorons ce qu'un acheteur de perles offre dans les autres villes ?

– Voilà qui est vrai, répondit Kino. Mais comment le savoir ? Nous sommes ici et pas là-bas. »

Au fur et à mesure qu'ils approchaient de la ville, la foule grossissait derrière eux et, par simple nervosité, Juan Tômas continuait à parler.

« Avant ta naissance, fit-il, les vieux avaient pensé à un moyen d'obtenir plus d'argent pour leurs perles. Ils s'étaient dit que ce serait mieux s'ils chargeaient un représentant d'apporter toutes les perles à la capitale pour les vendre, en lui donnant sa part de profit. »

Kino approuva de la tête :

« Je sais, dit-il. C'était une bonne idée.

– Alors, poursuivit Juan Tômas, après avoir trouvé leur homme, ils ont réuni les perles et ils l'ont envoyé à la capitale. Et on n'en a jamais plus entendu parler, et les perles ont été perdues. Alors, ils ont trouvé un autre homme, ils l'ont envoyé là-bas, et on n'en a jamais entendu parler non plus. Alors, ils ont abandonné l'idée, et ils sont revenus au vieux système.

– Je sais, répondit Kino. J'ai entendu mon père en parler. C'était une bonne idée, mais elle allait contre la religion, le Père l'a bien expliqué. La perte était un châtiment envoyé à ceux qui avaient tenté d'abandonner leur poste. "Chaque homme et chaque femme, expliquait le Père, est un soldat envoyé par Dieu pour garder une partie du Château de l'Univers. Certains sont sur les remparts, d'autres au fond des murs sombres. Mais tous doivent veiller fidèlement à leur poste et bien se garder de s'en écarter, faute de quoi, le château serait exposé aux assauts de l'Enfer."

– Je l'ai entendu faire son sermon, répliqua Tômas. Il le répète tous les ans. »

Tout en marchant, les frères fronçaient les paupières comme leurs pères, leurs grands-pères et les grands-pères de ceux-ci le faisaient depuis le jour où les premiers étrangers étaient venus avec leurs discours et une autorité soutenue par les arguments de leurs fusils. Et en quatre cents ans, le peuple de Kino n'avait acquis que ce seul moyen de défense – un léger clignement des yeux et un mince serrement des lèvres – et l'isolement. Rien ne pouvait briser cette muraille et, derrière cette muraille, ils demeuraient entiers.

Bien que grossissant à chaque pas, le cortège était solennel, car tous sentaient l'importance du jour, et tout enfant qui essayait de regimber, de hurler, de pleurer, de chiper un chapeau ou de tirer les cheveux de sa voisine se faisait vite tancer par ses aînés. L'événement était d'une telle importance, qu'un vieillard impotent, monté sur les vigoureuses épaules de son neveu, vint grossir la foule. La procession quitta le quartier des cabanes et pénétra dans la ville de pierre et de ciment, où les rues sont larges et bordées de petits trottoirs. Et, comme l'autre fois, les mendiants se joignirent à elle lorsqu'elle passa devant l'église ; les épiciers la regardèrent défiler ; les petits bars furent abandonnés par les clients et les patrons, fermant leurs volets, la suivirent aussi. Et le soleil tombait sur les rues de la ville, de sorte que même les plus petits cailloux projetaient leur ombre sur le sol.

La nouvelle de son arrivée précédait le cortège et, dans leurs petits bureaux sombres, les acheteurs se dressèrent, dans l'expectative. Ils étalèrent des papiers afin d'avoir l'air occupés lorsque Kino paraîtrait et rangèrent leurs perles dans les tiroirs, car il ne faut jamais laisser une perle médiocre à côté d'une beauté. Et la rumeur vantant la beauté de la perle de Kino était parvenue à leurs oreilles. Les bureaux des acheteurs de perles étaient tous groupés dans une ruelle étroite ; des barreaux de fer en défendaient les fenêtres et des stores de bois tamisaient la lumière pour ne laisser entrer qu'une douce pénombre.

Un personnage massif et lent attendait dans l'un des

bureaux. Son visage était paternel et bénin, ses yeux luisants de cordialité. Il prodiguait les bonjours et serrait cérémonieusement les mains – un homme jovial qui connaissait des tas de bons mots et dont l'humeur cependant restait proche de la tristesse car, au beau milieu d'un éclat de rire, il était capable de se rappeler la mort de votre tante, et la larme lui venait à l'œil au souvenir de votre perte. Ce matin-là, il avait disposé une fleur – un unique hibiscus écarlate – dans un vase, sur son bureau, à côté de son plateau de velours noir, devant lui. Il était rasé de si près que son menton paraissait bleu, et ses mains étaient nettes et ses ongles polis. Il avait laissé sa porte ouverte à l'air matinal et il fredonnait entre ses dents pendant que sa main droite s'entraînait à des tours de passe-passe. Il faisait rouler une pièce sur son poing, la faisait apparaître, disparaître, tourner et rutiler. La pièce clignotait sous les yeux et tout aussitôt, s'évanouissait sans que l'homme eût l'air de faire attention à ce qu'il faisait. Les doigts travaillaient avec une précision mécanique, tandis que l'homme fredonnait en surveillant la porte. Soudain, il entendit le piétinement de la foule qui approchait et ses doigts agiles firent virevolter la pièce de plus en plus vite jusqu'à ce que, Kino apparaissant sur le seuil de la porte, ils escamotent le jeton luisant.

«Bonjour, mon ami, dit le gros homme. Qu'y a-t-il pour votre service?»

Kino essayait de percer la pénombre du bureau car il était ébloui par l'étincelante lumière du dehors. Mais les yeux de l'acheteur étaient devenus froids, cruels et fixes comme ceux d'un faucon, pendant que le reste de sa figure arborait un sourire de bienvenue. Et en cachette, derrière son bureau, sa main droite jonglait avec la pièce.

« J'ai une perle », dit Kino. Et Juan Tômas, debout à côté de lui, eut un petit sursaut en entendant la modestie de la déclaration. Les voisins se pressèrent sur le seuil et une rangée de gamins s'accrochèrent aux barreaux des fenêtres pour voir à l'intérieur. Autour des jambes de Kino, quelques petits garçons suivaient la scène à quatre pattes.

« Vous avez une perle, répondit l'acheteur. Parfois on m'en apporte une douzaine à la fois. Enfin, voyons votre perle. Nous l'estimerons et nous vous en donnerons le meilleur prix. » Et sous la table, ses doigts jouaient fébrilement avec la pièce.

Par instinct, Kino savait préparer ses effets. Lentement, il saisit le sac de cuir ; lentement, il en sortit la douce peau de daim sale, puis il fit rouler la grosse perle sur le plateau de velours noir et, instantanément, ses yeux sautèrent sur le visage de l'acheteur. Mais il n'y vit aucun signe, aucun mouvement, le visage ne changea pas. Mais sous le bureau, la main dissimulée manqua son geste. La pièce culbuta sur une phalange et roula silencieusement sur les genoux de l'homme. Et, à l'abri du bureau, ses doigts se crispèrent. Quand la main droite sortit de sa cachette, l'index toucha la grosse perle, la fit rouler sur le velours noir ; puis le pouce et l'index la saisirent et l'amenèrent sous les yeux de l'acheteur, la firent tourner en l'air.

Kino, les voisins, tous retinrent leur souffle et un chuchotement passa dans la foule. « Il est en train de l'examiner… On n'a pas encore fait mention du prix. Ils n'ont pas encore convenu de prix… »

La main de l'acheteur était tout à coup devenue un personnage. Cette main rejeta la grosse perle sur le plateau, son index la repoussa d'un geste insultant, et sur le visage de l'homme apparut un sourire triste et méprisant.

« Je suis désolé, mon ami, fit-il en haussant légèrement les épaules pour bien souligner qu'il n'était pas responsable de cette malchance.

– C'est une perle de grande valeur », dit Kino.

Les doigts de l'acheteur appliquèrent une petite pichenette à la perle qui bondit et rebondit doucement sur le plateau de velours.

« Avez-vous entendu parler du Trésor du Fou ? demanda l'acheteur. Eh bien, cette perle, c'est exactement cela. Elle est trop grosse. Qui voudra l'acheter ? Il n'existe pas de marché pour de pareilles choses. Elle n'est qu'une curiosité. Je suis désolé. Vous pensiez que c'était une pièce de valeur, mais ce n'est qu'une curiosité. »

Le visage de Kino montrait son trouble, sa perplexité.

« C'est la Perle du Monde, dit-il. Personne encore n'en a vu une pareille.

– Bien au contraire, rétorqua l'acheteur. Elle est énorme, mais elle est grossière. En tant que curiosité, elle a son intérêt ; un musée la mettra peut-être dans sa collection de coquillages. Je peux vous en offrir... disons... mille pesos. »

Le visage de Kino s'assombrit, menaçant.

« Elle en vaut cinquante mille, dit-il. Vous le savez bien. Vous essayez de me voler. »

Et l'acheteur entendit un petit grondement passer dans la foule à la mention du prix. Un frisson de peur le traversa.

« Il ne faut pas vous en prendre à moi, protesta-t-il vivement. Je ne suis qu'un des experts. Consultez les autres. Allez les voir à leur bureau et montrez-leur votre perle. Ou, mieux encore, faisons-les venir ici, comme cela vous serez sûr qu'il n'y aura pas de coup monté. Garçon !... » appela-t-il et lorsque l'employé passa la tête par la porte du fond, il commanda : « Cours chez un tel, un tel et un tel.

Demande-leur de venir ici, sans leur dire pourquoi. Dis-leur simplement que j'aimerais les voir. »

Et sa main droite, glissant sous le bureau, pêcha une autre pièce au fond de sa poche et la fit circuler entre ses doigts.

Les voisins de Kino chuchotaient entre eux. Ils avaient redouté quelque chose de ce genre. La perle était grosse, mais elle avait une curieuse couleur. Depuis le début, ils s'en étaient doutés. Et après tout, mille pesos n'étaient pas une somme à dédaigner pour un homme qui n'était pas riche ; c'était relativement la fortune. Et si Kino acceptait les mille pesos ? Tout de même, hier encore il n'avait rien du tout !

Mais Kino s'était raidi, durci. Il sentait se déclencher la fatalité, flairait le cercle des loups, le vol plané des vautours. Il sentait presque physiquement la vilenie se coaguler autour de lui et se savait impuissant à se défendre. Dans ses oreilles, il entendait la musique maudite. Et, sur le velours noir, la grosse perle luisait de telle manière que l'acheteur n'en pouvait détacher les yeux.

Dans la porte, la foule ondula et se brisa pour laisser passage aux trois acheteurs. Par crainte de manquer un mot, de perdre un geste ou une expression, elle était silencieuse, maintenant. Kino demeura muet et attentif. Une petite poussée dans les reins le fit retourner : il rencontra le regard de Juana et quand il détourna les yeux, une force nouvelle l'animait.

Les acheteurs n'échangèrent pas un regard, ne posèrent pas l'œil sur la perle. Derrière son bureau, le gros homme expliqua :

« Je viens d'estimer cette perle. Son propriétaire, ici, ne se déclare pas satisfait. Je vais vous prier d'examiner la…

l'objet et de faire une offre. Remarquez, dit-il à Kino, que je n'ai pas fait mention de ce que j'ai offert. »

Le premier acheteur, un homme sec et noueux, sembla voir la perle pour la première fois. Il la ramassa, la fit tourner entre le pouce et l'index puis, d'un air méprisant, la reposa sur le plateau.

« Tenez-moi hors du débat, déclara-t-il sèchement. Je n'ai pas d'offre à faire. Je n'en veux pas. Cette perle est une… monstruosité… », conclut-il et ses lèvres minces se retroussèrent.

Alors le second acheteur, un petit bonhomme à la voix faible et timide, ramassa la perle à son tour et la considéra soigneusement. Il prit une loupe dans sa poche et examina l'image grossie. Puis il eut un rire étouffé.

« J'ai vu de meilleures perles faites en mie de pain, fit-il. Je connais le genre. Celle-ci est tendre et crayeuse. Elle perdra bientôt sa couleur et mourra dans quelques mois. Regardez… » et, tendant la loupe à Kino, il lui montra comment s'en servir. Et Kino, qui n'avait jamais vu la surface d'une perle agrandie, fut choqué de son aspect étrange. Le troisième acheteur prit la perle des mains de Kino.

« J'ai un client qui aime ces espèces-là, déclara-t-il. J'en offre cinq cents pesos et peut-être pourrai-je la lui revendre pour six cents. »

Kino allongea violemment le bras et lui arracha la perle des doigts. Il l'enveloppa dans la peau de daim et l'enfouit dans sa chemise.

Derrière son bureau, le gros homme était en train de dire :

« Je sais que je suis fou, mais je tiens ce que j'ai dit. J'en offre toujours mille pesos. Que faites-vous ? demanda-t-il en voyant Kino faire disparaître la perle.

– On veut me voler ! s'écria Kino d'une voix furieuse. Ma perle n'est pas à vendre chez vous. Peut-être irai-je jusqu'à la capitale. »

À présent, les acheteurs échangeaient de vifs coups d'œil. Ils savaient qu'ils y étaient allés trop fort, ils savaient aussi que leur échec leur vaudrait une sanction et le gros homme lança vivement :

« J'irai même jusqu'à quinze cents. »

Mais Kino se frayait déjà un chemin à travers la foule. Le bourdonnement des commentaires lui arrivait vaguement, son sang en furie tambourinait à ses oreilles. Il se lança à travers la foule et s'éloigna. Juana le suivit, trottinant derrière lui.

Arrêt sur lecture 2

Des rêves et des hommes

L'homme est un animal qui rêve

En vouloir toujours plus – Si l'analogie* entre les hommes, la ville et les animaux est largement développée dans le roman, il est une qualité qui, selon Steinbeck, distingue les humains de tous les autres êtres vivants : l'incapacité à se satisfaire de ce qu'ils ont. Sa condition est telle que l'homme ne cesse de se heurter aux limites que le monde, la nature ou les dieux dressent autour de lui :

> Car on dit que l'homme n'est jamais satisfait ; qu'une chose lui est offerte, et il en souhaite une seconde. Cela est dit dans un sens de dénigrement et c'est cependant là une des plus grandes qualités de la race humaine, celle qui la rend supérieure aux animaux, lesquels se contentent de ce qu'ils ont.

L'homme est pétri de désirs et de rêves secrets, nourrissant les espoirs les plus fous, quitte à être déçu par la réalité. « Allons, George, raconte-moi », supplie Lennie, l'un des deux protagonistes du roman *Des souris et des hommes* : les hommes s'inventent des vies pour mieux supporter leur existence présente, qu'ils jugent souvent médiocre. Tous les grands personnages inventés par Steinbeck rêvent d'un ailleurs, plus beau, plus libre. Jody, le garçon rêveur du *Poney rouge*, se voit déjà chevaucher Galiban, son petit cheval, des femmes s'imaginent stars de cinéma aux côtés de Clark Gable (*Des souris et des hommes, Les Naufragés de l'autocar*), Lennie et George se verraient bien fermiers... De même, la perle trouvée par Kino avive toutes les convoitises : le curé espère pouvoir réparer son église, le docteur rêve de retourner en Europe, les acheteurs de perles aimeraient se faire bien voir auprès du patron qui, un jour, passera la main.

L'homme et le désir – La perle fait de Kino le centre de tous les discours. Point de mire, il devient cible. La joie se meut en jalousie : « Il devint l'ennemi de tous. » Propre de l'homme, gage de liberté et de progrès, le désir est aussi la marque du malheur et du manque, qui voue l'homme au désespoir. Le début du chapitre 6 expose ainsi une conception de l'action humaine qui n'est pas étrangère aux philosophies orientales (en particulier au bouddhisme) que Steinbeck connaît suffisamment bien pour y faire référence dans d'autres de ses ouvrages. Celui qui ne trouble pas l'ordre du monde, celui qui, en un mot, ne désire rien d'autre qu'il n'a déjà, celui-là ne change rien à l'univers et est ignoré, heureux peut-être, aliéné sans doute. Celui qui, en revanche, se distingue, brise les normes, entreprend de sortir de sa condition, celui-là prend tous les risques, invente peut-être un nouveau monde, mais doit se résigner au malheur qui est le sort de tous les créateurs. Gare à celui qui espère plus haut qu'on ne le lui autorise ! Juana s'exclame contre Kino :

> **Cette perle, c'est le péché ! Elle nous fera périr !**

La perle est, avant même l'échec de la tentative de vente à La Paz, un sujet de discorde entre les deux époux.

Le rêve de Kino : entre modestie et folie

Kino n'échappe pas non plus à la puissance onirique* de la perle « chatoyante et scintillante ». Mais l'auteur précise bien qu'elle « abuse encore une fois » son cerveau, lorsque le jeune homme, attaqué pour la première fois dans la nuit, espère malgré tout faire fortune le lendemain à la ville. Le chant « de promesses et de délices » murmure à son oreille et Kino finit par oublier les dangers qui le menacent. Au milieu des envies et des désirs muets des voisins, il rêve à voix haute : s'élève une parole d'abord humble et modeste, puis assurée et presque révolutionnaire.

Changer de condition sociale – La perle est comme une boule de cristal dans laquelle on lit l'avenir de la famille, un miroir magique où se reflètent les rêves du jeune Indien. Des rêves simples tout d'abord : il veut se marier à l'église dans des habits neufs. Ce premier vœu révèle sa volonté de changer de condition mais surtout l'importance qu'il accorde au paraître et aux codes sociaux. Non seulement les vêtements sont propres mais ils soulignent, par leur choix, le désir des Indiens d'imiter les modèles de la puissance. Un feutre noir au lieu d'un chapeau de paille traditionnel, des chaussures fermées au lieu des sandales habituelles, un costume de marin américain pour le bébé. De même, Kino se voit en costume trois pièces à l'européenne (col blanc, cravate, veston) comme les maîtres qu'il craint mais qu'il rêve en secret d'égaler. Modestes, ces souhaits ne révèlent pas moins la pesanteur de la hiérarchie sociale et la volonté de Kino d'être un autre que lui-même.

Mais, possédé par la musique séductrice de la perle, Kino s'emballe et désire moins la richesse ou le pouvoir que les objets qui les symbolisent à ses yeux. De même que les instruments du docteur ou la loupe du marchand exercent un pouvoir de fascination sur les ignorants, le fusil est le signe concret du pouvoir des Blancs sur les Indiens. Posséder un fusil, c'est donc s'emparer de cette puissance qu'il incarne et qui a été le moyen de la conquête de l'Amérique. Abandonner le poignard, arme du pauvre, contre la carabine, c'est changer de condition.

Le pouvoir provient du savoir – Le fusil n'est cependant pas le sommet des désirs de Kino : le jeune Indien a ensuite une intuition fulgurante. Le véritable pouvoir des riches ne repose pas tant sur la force que sur la domination symbolique du savoir. Eux savent et donc peuvent tromper. Kino ne peut sortir du servage que si son fils le libère en sachant lire et écrire, que s'il possède ce pouvoir interdit. Les chiffres et les lettres « rendent libres ». La suite du récit confirme que le savoir est l'élément central des jeux du pouvoir : quand le prêtre vient réclamer son « dû », il s'appuie sur les livres (« C'est dit dans les livres ») et Kino commence alors à douter (« Cet enfant saura ce qui est dans les livres et ce qui n'y est pas »). Lorsque le docteur vient rendre visite à Coyotito, Kino se rend bien compte qu'il le trompe mais il se heurte là encore à l'impuissance face au savoir de l'autre :

> **Il ne savait pas et peut-être ce docteur savait-il.**

Enfin, le « combat » avec les marchands de perles repose pour l'essentiel sur l'ignorance de Kino quant à l'arrangement organisé à l'avance. Le savoir dont disposent les Indiens se réduit à l'expérience transmise de génération en génération (les chants, la construction des pirogues), à la tradition orale (à laquelle fait référence Tômas sur le chemin vers la ville), qui s'élabore sous nos yeux par le biais de la rumeur, et à la croyance en ce qu'on voit et ce qu'on entend. On comprend ainsi que toute la scène du rêve éveillé de Kino se fasse par l'intermédiaire de notations visuelles : Kino plonge son regard dans la perle tandis que Juana baisse les paupières; ses rêves se présentent sous la forme d'images : il voit Juana et l'enfant au pied de l'autel, il se voit avec la carabine, il voit Coyotito lire. Or les sens trompent... Le discours de Kino face à cette liberté que le sort lui offre montre qu'il a compris qu'on ne peut pouvoir sans savoir, or il est terriblement ignorant de certaines choses capitales :

> **Kino avait peur comme a peur l'homme qui a dit « Je veux », sans savoir.**

Un défi : quand le rêve devient réalité

Se libérer des chaînes – Si le discours passionné de Kino est merveilleux, c'est parce que l'assistance a bien saisi sa dimension révolutionnaire. Juana admire ainsi le « courage » et l'« imagination » de son mari, qui se sert de la perle comme d'un moyen de remettre en cause sa situation sociale de pauvre et d'exploité. La phrase « C'est le fusil qui rompit les digues » est sur ce point très éclairante : posséder l'arme des Blancs, c'est briser les barrières, les barrages (de la force physique, de la technique puis du savoir) qu'ils ont érigés pour se protéger des Indiens mais aussi pour les cantonner dans leur pauvreté. Le champ lexical de la clôture (« digues », « murailles », porte entrouverte sur l'école, hutte mal défendue dont tout le monde peut franchir le seuil, perle semblable à une muraille contre l'insulte ou qui ferme la porte à la famine...) signifie combien les rêves de Kino, puis son refus de vendre la perle à bas prix, constituent des actes de rébellion contre les exploiteurs : « Il avait forcé l'horizon. »

Dire et faire – En contestant le système dans lequel il vit, Kino devient malgré lui un homme de défi. Il défie moins les puissants que les forces occultes qui régissent les hommes et le monde. Les dieux n'aiment pas les êtres volontaires, c'est-à-dire les hommes libres, ceux qui entreprennent de conquérir leur destin plutôt que de le subir. Kino s'engage dans un chemin dangereux car tout novateur a l'univers contre lui. « Voilà ce que la perle fera » : ces mots condamnent Kino à l'action, au réel irrémédiable. L'homme parle peu, mais les mots qu'il prononce ne sont jamais vains : ils l'engagent. Les mots sont performatifs, c'est-à-dire qu'ils créent la réalité qu'ils évoquent au moment où ils sont dits : « En décrivant l'avenir, il lui avait donné corps. » Désormais le héros est tenu par sa parole, qui est entendue de tous :

> Un fusil ! Il va avoir un fusil !

ou tombe déjà dans la mémoire collective :

> C'est Kino qui l'a dit.

Peut-être que la vraie histoire commence là, lorsque Kino entre dans la légende en devenant un sujet parlant, un sujet libre. Peut-être aussi, hélas ! que c'est à ce moment-là que débute la vraie tragédie*, quand le révolté devient le jouet des dieux et l'objet du discours des autres.

En un combat douteux

Avant le combat : une répétition générale

Tout est lié – Avant même de rencontrer les marchands de perles, Kino comprend bien que les ennemis sont partout. L'harmonie du chant de la perle et de la famille est rapidement brisée par la stridence de la chanson du Mal. Kino l'entend à l'arrivée du prêtre, même si Steinbeck veille à laisser planer le doute : « Et Kino regarda les voisins en se

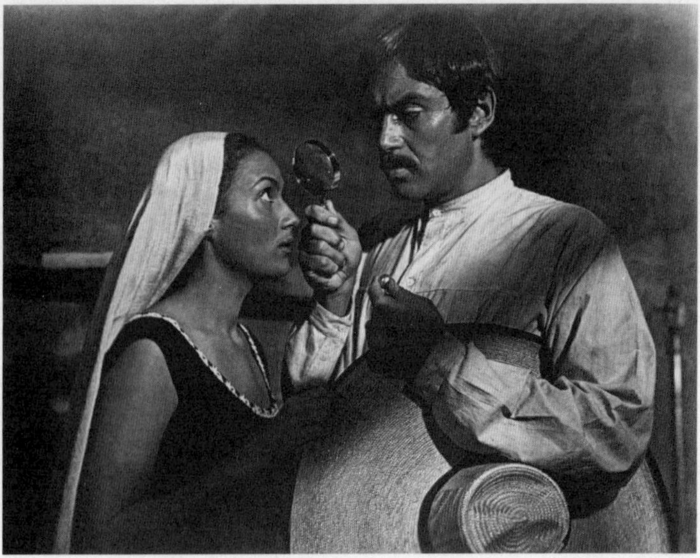

Une image du film *La Perle*, réalisé par Emilio Fernandez en 1946, avec Pedro Amendariz dans le rôle de Kino et Maria Elena Marquez dans celui de Juana. Kino, devenu méfiant envers tous, cherche dans l'œil de sa femme la brillance de la Perle du Monde...

demandant qui pouvait l'avoir apportée. » L'hésitation n'est en revanche plus possible lorsque c'est le docteur qui fait son entrée un peu plus tard, car le souvenir de l'humiliation de la porte close est encore cuisant. Néanmoins, Kino, écrasé par des « siècles de servage », s'efface par crainte face au savoir du médecin. À peine son défi formulé, l'Indien est contraint de s'exécuter, il ne peut prendre de risque, tout soupçonneux qu'il soit. La scène où Coyotito est examiné est révélatrice de l'impuissance des faibles devant le plus médiocre des forts. Kino a intégré la relation de domination sociale et, même s'il n'est pas dupe, il ne peut la mettre en cause. D'un côté le « savoir » symbolisé par les instruments, de l'autre la croyance et l'adoration.

Le combat est inégal, il préfigure l'avenir. Et cela d'autant plus que l'épisode est le point de départ d'une analogie* troublante. En effet, à propos de la ville, Steinbeck écrit que « chacune des unités communique avec l'ensemble » ; or cette remarque est aussi vraie pour l'intrigue. En regardant l'orbite de l'enfant, le docteur montre que l'œil vire au bleu, signe que le poison serait en train d'agir : « "Tenez, regardez." Il maintint la paupière. "Voyez, c'est bleu." » Quelques pages plus loin, Kino veut soulever à nouveau la paupière pour vérifier l'évolution, mais la perle qu'il a gardée en main le gêne. Au chapitre suivant, un des marchands véreux ausculte la perle et dit : « Elle perdra bientôt sa couleur et mourra dans quelques mois. Regardez… » L'œil fait face à la perle.

Comment combattre ? – Après la visite des « hommes en noir » (le curé et le docteur), c'est au tour d'une « chose » d'attaquer Kino dans l'obscurité. L'ultime péripétie avant la vente avortée a aussi son rôle préparatoire dans le récit : Kino ne sait pas qui l'a agressé, « être noir et mystérieux » ou « sombre chose », et c'est cet aveuglement qui le rend si vulnérable. Comment combattre ce qu'on ne connaît pas ? Le Mal s'incarne en toute forme, il est cet « esprit » impalpable et écrasant parce qu'il est partout.

Le combat serait-il alors perdu d'avance ? Kino a le handicap de l'ignorance et la maladresse de la jeunesse : même s'il est conscient des ruses du docteur, son regard s'égare vers la cachette de la perle. Courageux et violent, Kino a également peur, comme un animal traqué qui au moment où il se croit sauvé, ignorant le danger si proche qui le menace, est sur le point d'être abattu. Déjà au premier matin, l'enfant avançait sa main en riant vers le scorpion…

Duel à La Paz

La chasse est ouverte – C'est confiants, bien habillés et fiers que Kino, Juana et Coyotito mènent la procession vers la ville qui fera leur fortune. Une grande ville qui leur est sinon hostile, du moins inconnue. Or, dit la sagesse populaire, il vaut mieux se battre sur son terrain. La ville est de surcroît inquiétante, toute bruissante de la rumeur de la découverte de la perle : on sait que le jeune Indien arrive et, pour son malheur, les marchands de perles le savent aussi. La personnification* de la ville est lumineuse ; elle est un être vivant, un animal même, et pas n'importe lequel :

> **La nouvelle avait éveillé un sentiment noir et diabolique dans la ville, et cette sombre mixture était comme le scorpion.**

Non seulement Kino méconnaît le lieu du duel, mais il a de plus le soleil contre lui : à peine entré dans la boutique sombre du marchand, le contraste entre la lumière de l'extérieur et la pénombre du bureau l'éblouit. Et le voici aveuglé une fois encore. La ville est venimeuse, les boutiques sont des antres de bêtes sauvages, et les marchands des prédateurs qui savent bien jouer leur rôle.

Calculs, mensonges et compagnie – Les armes sont inégales mais Kino va se battre avec acharnement. Le jeune Indien calcule ses effets et pense jouer sur la surprise du vendeur. Il soigne pour cela sa mise en s'habillant de blanc et en ajustant son chapeau pour indiquer sa détermination et impressionner l'adversaire. De même, il ménage l'attente : il indique qu'il a « une » perle, puis sort lentement la sienne et la fait rouler sur le plateau noir. L'effet est garanti mais il n'en profite pas. La stupeur du marchand n'est pas visible sur son visage. Seul le point de vue omniscient* nous apprend que la main cachée sous la table a perdu la pièce avec laquelle elle jouait nerveusement. Mais Kino l'ignore... Au marchand de contre-attaquer. À nouveau les faiblesses de Kino le pénalisent : alors que ses phrases sont courtes et affirmatives mais ne savent pas argumenter, celles des marchands sont pernicieuses, exploitant l'ellipse (« Je suis désolé »), l'allusion (« Avez-vous entendu parler du Trésor du Fou ? »), un vocabulaire méprisant. La « Perle du Monde » n'est pour eux qu'une curiosité, un coquillage, un objet, une monstruosité, un artifice en mie de pain, une malchance. Ces paroles sont accompagnées de gestes soigneusement pesés, haussements d'épaules ou sourires hautains. Dans les doigts des escrocs, la perle roule et bondit habilement : comme Kino, elle est manipulée par des trompeurs et des hypocrites, selon la loi du plus fort :

> **Chacun fonctionne au mieux de ses facultés et fait de son mieux, quoi qu'il en pense.**

Ballotté par les mensonges, Kino passe de la perplexité à la colère mais il est déjà trop tard. Le piège se referme, l'animal traqué se débat, cerné à la fois par le complot des marchands-loups et par le cercle du public-vautour, qui fait des commentaires derrière lui (« Les voisins chuchotaient entre eux »). Ainsi, Kino est moins piégé par la ruse des vendeurs complices que par la pression du regard des autres et par sa trop longue habitude de s'incliner devant ceux qui savent. Pourtant il se hérisse encore de cette colère instinctive qui est sa seule arme, à la fois paniqué et encouragé par la confiance de Juana. Puisque la raison est impuissante face au mensonge, il reste la passion, la furie, la colère terrible.

Le déclenchement tragique

Tous les personnages sont là, sur la scène, rassemblés autour du plateau de velours noir, véritable théâtre dans le théâtre. Au centre, la perle blanche, dans des doigts sans visage qui la dénigrent pour mieux la posséder. Autour, un Indien, joué par le mensonge des Blancs. Au-delà, le chœur tragique* qui commente, chuchote et déjà tire les conclusions de la machination. Au fond de la scène, un décor à l'horizon de la ville, le « mirage d'une montagne » surmontée par un pic rocheux. Plus loin encore, invisible, l'homme qui est le maître de ses marionnettes. Le diable ? Le système d'exploitation de l'homme par l'homme ? La loi de la nature ? Les dieux qui se moquent des pantins qui les amusent mais qu'ils écrasent s'ils essayent d'être libres ?

Or le jeu est divertissant car ce pantin-là se démène et résiste fort bien dans l'arène ; il se cabre, furieux, saisi d'une peur panique, sanguin comme tout bon gibier qu'on respecte jusque dans le rituel du sacrifice. Son crime n'est pas tant dans son refus de vendre que dans le fait qu'il abandonne son poste, qu'il sort de sa prison, de l'ombre des murs du « Château de l'Univers », que l'Église et les puissants entendent continuer d'habiter seuls. Et cela n'est pas tolérable. Kino sent confusément qu'il entre dans la fatalité au milieu du bourdonnement des commentaires des badauds. Quittant la scène suivi de Juana, il croit savoir où il va, sans même se rendre compte qu'il fuit déjà.

à vous...

Recherche

1 – Quelle pourrait être l'histoire du Trésor du Fou ? Cherchez un résumé du roman d'Ernest Hemingway *Le Vieil Homme et la Mer*. En quoi l'intrigue pourrait-elle correspondre à l'anecdote du Trésor du Fou ? Connaissez-vous d'autres récits qui reposent sur la même idée ?

Au fil du texte

2 – À quels éléments ou quartiers de la ville pourraient correspondre le « système nerveux, la tête, les épaules, et les pieds » évoqués dans la seconde phrase du chapitre 4 ?

3 – Relevez le champ lexical de la peur dans les trois chapitres. Quelle évolution remarquez-vous ? Commentez.

4 – Comment comprenez-vous les scènes où le petit chien noir de Kino apparaît ?

5 – Comme pour le portrait du docteur, Steinbeck soigne les détails de celui du marchand de perles. Éclairez les indices qui nous sont donnés.

Grammaire et lexique

6 – Dans la phrase : « Demande-leur de venir ici, sans leur dire pourquoi », à quel temps et à quel mode est conjugué le verbe ? Pourquoi n'y a-t-il pas de « s » à la fin du verbe ?

7 – Pourquoi y a-t-il un « s » à trois cents, six cents ou cinq cents ? Écrivez en lettres les nombres suivants : 546, 3580, 1890, 1324, 132200.

8 – Donnez la formation du mot « admiration ». Donnez deux mots de la même famille, un synonyme, un antonyme.

9 – Dans le paragraphe du chapitre 6 de « Dans leurs huttes... » jusqu'à « venait de la changer », quel mode et quel temps sont principalement utilisés ? Pourquoi ?

10 – Faites l'analyse (nature et fonction) des propositions de la phrase suivante : « Et bien que cet achat ne rapportât à ces hommes rien de plus que leur salaire habituel, l'agitation avait quand même saisi tous les acheteurs de perles, car toute chasse apporte une émotion, et si la tâche d'un homme consiste à faire baisser un prix, alors il doit trouver plaisir et satisfaction à le faire baisser au maximum. »

Invention

11 – Et vous ? Si vous aviez trouvé la perle, qu'auriez-vous fait de l'argent de la vente ?

CHAPITRE 7

Quand le soir descendit sur les huttes, les voisins discutèrent du grand événement du matin en mangeant leurs galettes et leurs haricots. Ils ne savaient plus : la perle leur semblait belle, mais ils n'en avaient encore jamais vu une pareille, et, sûrement, les acheteurs s'y connaissaient beaucoup mieux qu'eux.

«Et remarquez bien, disaient-ils. Les acheteurs n'ont même pas discuté entre eux. Tous les trois, ils ont tout de suite su que la perle était sans valeur.

– Oui, mais supposez qu'ils se soient mis d'accord à l'avance ?

– S'il en était ainsi, alors toute notre vie nous aurions été volés.

– Peut-être, suggéra quelqu'un, peut-être eût-il été préférable que Kino prît les quinze cents pesos. C'était une grosse somme d'argent, plus qu'il n'en avait jamais vu… Peut-être Kino avait-il agi comme un fou entêté. Et à supposer qu'il aille vraiment jusqu'à la capitale et là, ne trouve aucun preneur pour la perle ? Il n'y survivrait jamais.»

Et puis, disaient d'autres timorés[1], maintenant qu'il les

1. Timoré : qui n'ose pas agir par crainte du risque ou des responsabilités.

avait défiés, les acheteurs n'accepteraient plus jamais de traiter avec lui. Peut-être Kino s'était-il tranché lui-même la gorge, peut-être s'était-il condamné lui-même.

Mais d'autres répliquaient : « Kino est un homme brave, un homme sans peur. Son courage nous servira tous. » Ceux-là étaient fiers de Kino.

Dans sa maison, accroupi sur sa natte, Kino méditait sombrement. Il avait enterré la perle sous une pierre de l'âtre et fixait si intensément les dessins de la natte que, finalement, les croisillons du tissage dansèrent devant ses yeux. Il avait perdu un monde sans en avoir gagné un autre. Et Kino avait peur. Pas une fois dans sa vie, il ne s'était éloigné de chez lui. Il avait peur des étrangers et des lieux nouveaux. Il était terrorisé par ce monstre d'inconnu qu'on appelait la capitale. Elle se trouvait là-bas, de l'autre côté de l'eau, derrière les montagnes – à plus de quinze cents kilomètres de distance et chaque lieue terrible et étrangère représentait une nouvelle frayeur. Mais Kino avait perdu son vieux monde et devait grimper à l'assaut d'un nouveau. Car le futur dont il avait rêvé était réel, indestructible ; il avait dit : « J'irai » et ces mots aussi créaient une nouvelle réalité. Le seul fait d'avoir décidé de partir – et de l'avoir annoncé – équivalait à avoir déjà fait la moitié du chemin.

Juana l'avait regardé enterrer la perle et tout en faisant la toilette de Coyotito et en lui donnant le sein, elle ne l'avait pas quitté des yeux. À présent, elle préparait les galettes de maïs du dîner.

Juan Tômas entra, s'accroupit à côté de Kino et resta silencieux un long moment, si bien que finalement Kino lui demanda :

« Que pouvais-je faire d'autre ? Ce sont tous des voleurs. »

Juan Tômas opina gravement. Il était l'aîné et Kino attendait de lui de sages avis.

« Il est difficile de dire, répondit-il. Nous savons bien que nous sommes volés, depuis notre naissance jusqu'au prix exorbitant de nos cercueils. Mais nous survivons. Ce que tu as défié, ce n'est pas les acheteurs de perles, mais le système entier, toute une manière de vivre, et je tremble pour toi.

– Qu'ai-je donc à redouter de plus que la famine ? » demanda Kino.

Mais Juan Tômas secoua lentement la tête.

« Cela, nous avons tous à le redouter. Mais suppose que tu aies raison – suppose que ta perle ait une grosse valeur – crois-tu que les choses en resteront là ?

– Que veux-tu dire ?

– Je n'en sais rien, répondit Juan Tômas, mais j'ai peur pour toi. C'est un nouveau terrain sur lequel tu marches, et tu ne connais pas ton chemin.

– Je vais partir. Je vais partir bientôt, dit Kino.

– Oui, agréa Juan Tômas. C'est ce que tu dois faire. Mais je me demande si tu trouveras les choses différentes, dans la capitale. Ici, tu as tes amis, et moi, ton frère. Là-bas, tu seras seul.

– Que faut-il que je fasse ! s'écria Kino. C'est une profonde malice[1] qui commande ceci. Mon fils aurait une chance, c'est contre cela qu'ils luttent. Mes amis me protégeront.

– À condition seulement que cela ne les menace pas et ne les dérange pas », répondit Juan Tômas. Il se leva en disant : « Que Dieu soit avec toi. »

1. Malice : méchanceté, penchant humain à dire des méchancetés. Ruse du diable.

Et Kino répéta : « Que Dieu soit avec toi », sans oser lever les yeux, car les mots lui semblèrent étrangement froids.

Longtemps après le départ de Juan Tômas, Kino demeura assis sur sa natte, réfléchissant amèrement. Une léthargie, un sentiment d'impuissance grisâtre s'étaient abattus sur lui. Tous les chemins semblaient coupés. Dans sa tête, il n'entendait plus que la noire musique de l'ennemi. Tous ses sens tendus flambaient, mais par le don qu'il tenait de son peuple, son esprit s'en était retourné communier avec les choses. Il discernait chacun des petits sons de la nuit envahissante, le gazouillis assoupi des oiseaux qui se couchaient, l'agonie amoureuse des chats, la chute et le retrait des courtes vagues sur la grève et le simple murmure du lointain. Il humait l'odeur iodée des goémons abandonnés par la marée descendante. Et, dans la pièce, la flamme des branchages faisait danser les dessins de sa natte devant ses yeux subjugués.

Juana l'observait avec inquiétude, mais elle le connaissait et savait que la meilleure façon de l'aider était de demeurer silencieuse et proche. Et, comme si elle aussi entendait le Chant du Mal, elle le combattit en fredonnant la mélodie de la famille, la mélodie de la chaude sécurité, de l'unité familiale. Serrant Coyotito dans ses bras, elle lui chantait la chanson qui éloigne le mal, et sa voix s'élevait courageusement contre la menace de la sombre musique.

Kino ne fit pas un geste, ne demanda pas son dîner. Elle savait qu'il le demanderait quand il le voudrait. Il restait là, le regard figé, et il sentait le mal aux aguets rôder autour de la maison ; il devinait que de sombres choses tapies dans l'ombre attendaient qu'il sorte. C'était noir et redoutable, mais cela l'appelait, le menaçait, le défiait. Sa main droite plongea dans sa chemise et tâta son couteau ; ses yeux se dilatèrent ; il se leva et se dirigea vers la porte.

Juana souhaita de pouvoir l'arrêter ; elle tendit la main vers lui et sa bouche s'agrandit d'effroi. Durant un long moment, Kino regarda dans le noir, puis il sortit. Juana entendit une petite course, les grognements d'une lutte, le coup. La terreur la glaça un instant sur place, puis ses lèvres se retroussèrent sur ses dents, à la manière d'un chat. Elle déposa Coyotito sur le sol et, saisissant une des pierres du foyer, se précipita au-dehors, mais tout était déjà fini. Étendu sur le sol, Kino essayait vainement de se lever, et il n'y avait plus personne à côté de lui. Rien que les ombres, le clapotis des vagues et le soupir du lointain. Mais le mal était là, tout autour, caché derrière la haie, tapi dans la nuit, près de la maison, planant dans les airs.

Juana lâcha sa pierre et, passant ses bras autour de Kino, elle l'aida à se relever et l'entraîna dans la maison. Le sang dégoulinait de son crâne et sa joue était balafrée d'une longue blessure sanglante qui allait de l'oreille au menton. Et Kino n'était plus qu'à moitié conscient. Il secoua la tête pour se ressaisir. Sa chemise était déchirée, ses vêtements à demi arrachés. Juana le fit asseoir sur la natte et d'un pan de sa jupe essuya le sang qui ruisselait sur son visage. Elle lui fit boire un peu de pulque dans un petit pichet et il secoua encore une fois la tête pour chasser le brouillard.

« Qui ? demanda Juana.

– Je ne sais pas. Je n'ai rien vu. »

Elle apporta son pot d'eau claire et lava la blessure de la joue de Kino qui, toujours étourdi, regardait machinalement devant lui, l'œil fixe.

« Kino, mon homme », pleura Juana, mais le regard de Kino restait fixé au loin. « Kino, m'entends-tu ?

– Je t'entends, répondit-il d'une voix morne.

– Kino, cette perle, c'est le malheur. Détruisons-la avant qu'elle nous fasse périr. Écrasons-la entre deux pierres ! Allons… allons la jeter à la mer – c'est là sa place ! Kino, c'est le malheur ! elle est maudite ! »

À ces mots, la vie revint dans les yeux de Kino qui lancèrent soudain des éclairs farouches. Ses muscles et son esprit se tendirent.

« Non, fit-il. Je me battrai contre cela. Et je vaincrai. Nous garderons notre chance. » Son poing martelait la natte. « Personne ne nous enlèvera notre bonne fortune. » Son regard s'adoucit soudain et, d'un geste tendre, il posa gentiment la main sur l'épaule de Juana : « Crois-moi, dit-il. Je suis un homme. » Et son visage prit une expression rusée.

« Au matin, nous monterons dans notre pirogue, nous traverserons la mer et nous passerons par les montagnes vers la capitale, tous les deux. Nous ne nous laisserons pas voler. Je suis un homme.

– Kino, fit-elle d'une voix rauque, Kino, j'ai peur ! On peut tuer un homme. Allons rejeter la perle à la mer.

– Tais-toi ! fit-il d'un ton farouche. Je suis un homme. Tais-toi. » Et elle se tut, car sa voix ordonnait. « Dormons un peu, poursuivit-il. Au point du jour, nous nous mettrons en route. Tu n'as pas peur de partir avec moi ?

– Non, mon homme. »

Alors Kino posa un regard doux et tendre sur sa femme, tandis que sa main lui caressait la joue.

« Dormons un petit peu », dit-il.

CHAPITRE
8

Une lune tardive se leva juste avant le premier chant du coq. Kino ouvrit les yeux mais ne fit pas un geste : quelque chose bougeait à côté de lui. Ses yeux fouillèrent la nuit et, à la pâle lueur de la lune qui se faufilait par les fentes de la hutte, il vit Juana se lever silencieusement. Il la vit se diriger vers l'âtre. Ses gestes étaient si précautionneux qu'il entendit à peine le bruit de la pierre qu'elle déplaça. Et alors, comme une ombre, elle se coula vers l'extérieur. Elle fit une courte pause devant la caisse suspendue de Coyotito puis, une seconde, sa noire silhouette se découpa dans la porte et elle disparut.

La colère empoigna Kino. Il bondit sur ses pieds et, aussi silencieux qu'elle, il la suivit. Dans la nuit, il entendait ses pas rapides descendre vers la grève. Il la suivait à pas de loup, le cerveau ivre de rage. Elle apparut de l'autre côté des taillis, trébucha sur les petits rochers de la grève et soudain, elle l'entendit et se mit à courir. Elle avait le bras levé et prêt à lancer lorsqu'il bondit sur elle. Il saisit son poignet et lui arracha la perle. De son poing fermé, il la frappa au visage; elle tomba parmi les rocailles et il lui lança un coup de pied dans les côtes. À la lumière blême de la lune, il vit les vaguelettes se briser sur elle, sa jupe gonflée flotter puis s'affaisser et coller à ses cuisses lorsque la vague se retira.

Les dents serrées, les lèvres retroussées, Kino la regarda, en sifflant comme un serpent. Et Juana, les yeux élargis mais non effrayés, le regarda aussi, bien en face, comme un agneau devant le boucher. Elle savait que le meurtre était en lui, et cela était bien ainsi. Elle en avait accepté l'idée et ne protesterait ni ne résisterait. Mais soudain, sa fureur l'abandonna et le dégoût l'envahit comme une nausée. Il fit demi-tour, remonta la grève et traversa les taillis, abruti par sa propre émotion.

Il entendit un mouvement rapide, saisit son coutelas, plongea vers une noire silhouette, sentit son poignard s'enfoncer et fut soudain projeté à genoux, puis jeté sur le sol. Des doigts avides fouillèrent ses habits, des mains véloces le tâtèrent de toutes parts et la perle, sautant de ses doigts, vint tomber, scintillante, derrière une petite pierre du chemin, où la douce lumière de la lune la fit miroiter.

Juana se traîna sur les rochers du rivage. Son visage n'était qu'une douleur sourde et son flanc la brûlait. Elle se maintint à genoux pendant un moment, sa jupe trempée collant à ses jambes. Elle n'éprouvait aucune colère contre Kino. Il avait dit : « Je suis un homme » et cela signifiait beaucoup de choses pour Juana. Cela signifiait qu'il était à moitié fou et à moitié dieu. Cela signifiait que Kino se lancerait de toute sa force contre une montagne, précipiterait toute sa force contre la mer. Dans son âme de femme, Juana savait que la montagne resterait immuable tandis que l'homme se briserait ; que les marées se poursuivraient tandis que l'homme se noierait. Et cependant, c'est tout cela qui faisait de lui un homme, demi-fou, demi-dieu, et Juana avait besoin d'un homme ; elle ne pourrait pas vivre sans un homme. Bien qu'elle ne comprît pas toujours ces différences entre un homme et une femme, elle les connaissait, les acceptait, il les lui fallait. Évidemment, elle le suivrait, cela n'entrait même pas en question. Sa qualité de femme, la raison, la prudence, l'instinct de conservation pourraient parfois même contrebalancer la violente virilité de Kino et les sauvegarder tous. Elle se remit péniblement sur ses pieds et, plongeant ses paumes unies dans les petites vagues, lava son visage meurtri avec la mordante eau salée, puis elle se traîna sur la grève à la suite de Kino.

De longs nuages en écharpe, venus du sud, avaient envahi le ciel. La lune pâle y plongeait, puis en émergeait l'instant d'après, de sorte que Juana marchait tantôt dans l'ombre, tantôt dans la lumière. Son dos se courbait de douleur et elle avançait tête basse. La lune était couverte quand elle traversa les taillis et, lorsqu'elle perça à travers les nuages, Juana vit, derrière un caillou du chemin, luire la grosse perle. Elle tomba à genoux pour la ramasser et la lune plongea de nouveau sous un nuage sombre. Toujours agenouillée, Juana réfléchit, se demandant si elle retournerait à la mer et achèverait ce qu'elle avait entrepris, mais, pendant qu'elle hésitait, la lumière revint et elle aperçut deux silhouettes noires gisant le long du chemin. Elle se précipita et vit que l'une d'elles était Kino et que l'autre, un inconnu, portait une énorme plaie béante et saignante à la gorge.

Kino bougea vaguement, émit quelques sons confus et ses bras et ses jambes s'agitèrent comme ceux d'un insecte aplati. Et soudain, l'espace d'un éclair, Juana comprit que l'ancienne vie était finie à jamais. Un homme mort sur le chemin, et le poignard de Kino, rougi de sang, gisant à son côté, l'en convainquirent sur-le-champ. Tout au long, Juana avait essayé de sauver une parcelle au moins de la vie paisible, une parcelle de cette vie d'avant la perle. Maintenant c'était fini et on ne pouvait plus revenir en arrière. Et dès qu'elle en eut conscience, elle raya totalement le passé. Ils n'avaient plus qu'une chose à faire : se sauver eux-mêmes.

Elle n'éprouvait plus aucune douleur, elle avait retrouvé son agilité. Vivement, elle traîna le corps de l'homme mort à l'abri des buissons. Puis elle revint à Kino et humecta son visage avec sa jupe mouillée. Il commença à revenir à lui et gémit.

« Ils ont pris la perle. Je l'ai perdue. Maintenant, tout est fini, s'exclama-t-il. J'ai perdu la perle. »

Juana le calma comme elle l'aurait fait pour un enfant malade.

« Chut !... dit-elle. Voilà ta perle. Je l'ai trouvée sur le chemin. Est-ce que tu m'entends, à présent ? Voilà ta perle. Tu me comprends ? Tu as tué un homme. Nous devons fuir. Ils vont venir nous chercher, comprends-tu ? Nous devons partir avant le jour…

– J'ai été attaqué, répondit Kino, troublé. J'ai frappé pour défendre ma vie.

– Te rappelles-tu hier ? demanda Juana. Crois-tu que cela comptera ? Rappelle-toi les hommes de la ville. Crois-tu que ton explication suffira ? »

Kino prit une longue inspiration, lutta contre sa faiblesse.

« Non, dit-il. Tu as raison. » Et, raidissant sa volonté, il fut de nouveau un homme. « Va à la maison chercher Coyotito, commanda-t-il, et prends tout le maïs que nous avons. je vais mettre la pirogue à l'eau et nous allons partir. »

Il ramassa son couteau et la quitta. Trébuchant sur la grève, il descendit jusqu'à son bateau. Et quand la lune réapparut entre deux nuages, il vit qu'un gros trou en défonçait le fond. Alors la rage le dévora et lui rendit toutes ses forces. À présent, les ténèbres se resserraient sur la famille ; à présent, la musique maudite remplissait la nuit, s'accrochait aux palétuviers, déferlait avec les vagues. La pirogue de son grand-père, entretenue et calfatée avec tant de soins, et maintenant avec un grand trou dedans. C'était là un acte inconcevable. Le meurtre d'un homme n'était pas démoniaque comme le meurtre d'un bateau. Car un bateau n'a pas de fils, un bateau n'est pas capable de se défendre, et un bateau blessé ne se cicatrise pas. Le chagrin se mêlait à la colère de Kino, mais ce dernier coup l'avait durci au-delà de toute fêlure. Il était devenu une bête, maintenant, et la bête se tapit, attaque, et ne vit que pour se défendre et défendre les siens. Il n'avait plus conscience de sa blessure à la tête. À travers la grève, à travers les taillis, il bondit vers sa maison sans même penser qu'il pourrait prendre la pirogue d'un voisin. L'idée ne lui vint pas à l'esprit, pas plus qu'il n'eût jamais songé à briser un bateau.

Les coqs commencèrent à chanter ; l'aube approchait. La fumée des premiers feux filtra à travers les murs des cabanes, et les premiers arômes des galettes de maïs flottèrent dans l'air. Les oiseaux matineux s'agitaient déjà dans les taillis. La lune chlorotique[1] pâlit encore et les nuages venant du sud s'épaissirent et s'accumulèrent au ciel. Un vent plus frais se leva sur l'estuaire – un vent fiévreux, impulsif, portant l'odeur de la tempête ; un changement, un malaise se répandirent dans l'air.

En se précipitant vers sa maison, Kino ressentit une bouffée de joie. Il n'était plus troublé à présent, car il ne lui restait plus qu'une chose à faire, et sa main se porta

1. Lune chlorotique : métaphore pour signifier que la lune a la couleur d'un être anémié, pâle.

d'abord à la grosse perle dans sa chemise, puis à son coutelas, suspendu contre sa peau.

Devant lui, il aperçut une petite lueur, puis, instantanément, une haute flamme jaillit dans la nuit avec un grondement pétillant et une grande colonne de feu illumina le chemin. Kino se mit à courir comme un fou : c'était sa hutte, il le savait. Et il savait que ces maisons brûlaient en quelques instants. Et, tandis qu'il courait, une silhouette éperdue se précipita vers lui : Juana, portant Coyotito dans ses bras, la couverture de Kino à la main. Le bébé gémissait d'effroi et les yeux de Juana étaient dilatés de peur. Kino vit que sa maison était détruite et ne questionna pas sa femme. Et, bien qu'il le sût, elle voulut expliquer : «Tout était saccagé, le sol défoncé… même la caisse du bébé était retournée et quand je suis arrivée, ils ont mis le feu dehors.»

La lumière aveuglante de la maison en flammes illuminait le visage de Kino.

«Qui? demanda-t-il.

– Je ne sais pas, répondit-elle. Les méchants.»

Les voisins s'étaient rués hors de leurs huttes et surveillaient les étincelles, les tisons fumants et les piétinaient pour préserver leurs propres demeures. Et tout à coup, Kino eut peur. La lumière l'effraya. Il se rappela l'homme mort, caché dans les buissons à côté du chemin et, prenant Juana par le bras, il l'attira dans l'ombre d'une maison, loin de la lumière. Car la lumière était pour lui danger. Il réfléchit un moment puis se faufila parmi les ombres jusqu'à la cabane de Juan Tômas, son frère, et se glissa à l'intérieur, entraînant Juana après lui. Il entendait au-dehors les cris aigus des enfants, les appels des voisins, car ses amis croyaient qu'il devait être prisonnier de l'incendie.

La maison de Juan Tômas était à peu près identique à celle de Kino. Presque toutes les huttes se ressemblaient : leurs murs laissaient passer l'air et la lumière. Aussi Juana et Kino, tapis dans un coin, voyaient-ils les flammes danser à travers les branchages. Ils virent les hautes flammes furieuses, ils virent le tout s'écrouler et le feu s'éteindre comme meurt un feu de broussailles. Ils entendirent les cris d'alarme de leurs amis et le hurlement perçant, poignant d'Apolonia, la femme de Juan Tômas. Et, étant la plus proche parente, elle entama les lamentations d'usage pour les morts de la famille.

Se rendant compte qu'elle portait son châle de tous les jours, Apolonia revint en courant chez elle pour revêtir celui des grands jours. Alors, pendant qu'elle fouillait dans le coffre adossé au mur, Kino dit doucement :

« Apolonia, ne pleure pas. Nous n'avons pas de mal.

– Comment se fait-il que vous soyez là ? interrogea-t-elle.

– Ne demande rien, répliqua Kino. Retourne vers Juan Tômas et ramène-le ici sans le dire à personne. C'est très important pour nous, Apolonia. »

Elle écoutait, immobile, les mains ballantes devant elle, puis elle répondit :

« Bien, beau-frère. »

Quelques instants après, Juan Tômas revint avec elle. Il alluma une bougie et s'approcha d'eux, dans le coin de la cabane où ils s'étaient réfugiés.

« Apolonia, dit-il, surveille la porte et ne laisse entrer personne. » Car Juan Tômas était l'aîné, et c'était lui qui commandait. « Et alors, frère ? fit-il.

– J'ai été attaqué dans le noir, expliqua Kino. Et en me défendant, j'ai tué un homme.

– Qui ? demanda vivement Juan Tômas.

– Je ne sais pas. Tout est noir ; partout le noir et les ombres…

– C'est la perle, déclara Tômas. Le démon est dans cette perle. Tu aurais dû la vendre pour te débarrasser du diable. Peut-être peux-tu encore la vendre et acheter ta paix ? »

Mais Kino répondit :

« Ah ! frère, une insulte m'a été infligée, plus profonde que ma vie. Car sur la grève, j'ai trouvé mon bateau brisé, ma maison a été incendiée, et un homme mort est couché dans les buissons. Toutes les issues sont bloquées. Frère, il faut que tu nous caches. » Et Kino, qui l'observait de près, vit l'inquiétude envahir le visage de son frère et, pressentant un refus : « Pas pour longtemps, se hâta-t-il d'ajouter. Seulement jusqu'à la tombée de la nuit. À ce moment-là, nous partirons.

– Je vous cacherai, répondit Juan Tômas.

– Je ne veux pas attirer le danger sur toi, reprit Kino. Je sais que je suis comme une lèpre. Je partirai ce soir, et alors, tu seras en sûreté.

– Je te protégerai », affirma Juan Tômas.

Puis il appela sa femme :

« Apolonia, ferme la porte ! Et ne laisse entendre à personne que Kino est ici. »

Tout le jour, ils restèrent silencieusement assis dans la pénombre de la hutte et écoutèrent les voisins parler d'eux. À travers les interstices, ils les regardèrent chercher leurs os dans les cendres de la maison. Tapis dans la cabane de Juan Tômas, ils assistèrent à l'émoi de leurs amis lorsqu'ils apprirent le massacre du bateau. Juan Tômas se mêla aux voisins pour détourner leurs soupçons et leur exposa ses théories et ses idées sur ce qui avait pu arriver à Kino. À l'un, il dit :

« Je crois qu'ils ont pris au sud, le long de la côte, pour fuir le mauvais sort. »

Et, à un autre :

« Kino n'aurait pas abandonné la mer. Peut-être a-t-il trouvé un autre bateau. »

Et il ajouta :

« Apolonia est malade de chagrin. »

Dans la journée, le vent se leva et souffla sur le Golfe, dispersant les lichens et les goémons qui bordent le rivage, hurlant à travers les cloisons de branchages des maisons et, sur la mer, aucun bateau ne fut plus en sûreté. Alors, Juan Tômas annonça aux voisins :

« Kino est parti. S'il a pris la mer, il doit être noyé à l'heure qu'il est. »

Et de chacune de ses visites il rapportait des objets et des provisions empruntés. Il ramena un petit sac de paille tressée, plein de haricots rouges, une gourde remplie de riz. Il emprunta des piments secs et un bloc de sel, un grand couteau, long de dix-huit pouces et pesant comme une hachette – un outil et une arme, tout à la fois. Et lorsque Kino vit le couteau, son regard s'alluma, il caressa la lame et, du pouce, en éprouva le fil.

Sur le Golfe, le vent hurleur blanchissait la mer, les palétuviers ployaient et se courbaient comme un troupeau effrayé et une fine poussière s'éleva du sol et se répandit au-dessus des eaux en un nuage pesant. Puis le vent chassa les nuées, balaya le ciel et éparpilla le sable de la campagne comme une neige.

Alors, comme le soir approchait, Juan Tômas eut une longue conversation avec son frère.

« Où vas-tu aller ? demanda-t-il.

– Vers le nord, répondit Kino. J'ai entendu dire qu'il y a des villes, dans le Nord.

– Évite la côte, conseilla Juan Tômas. Ils organisent une battue le long du rivage. Les hommes de la ville te cherchent. As-tu toujours ta perle ?

– Je l'ai, répondit Kino. Et je la garderai. Peut-être l'aurais-je offerte en cadeau, mais maintenant, elle est devenue mon infortune et ma vie… et je la garderai. »

Ses yeux étaient durs, cruels et amers.

Coyotito gémit et Juana chuchota des petites incantations magiques pour le rendre silencieux.

« Le vent est bon, fit Juan Tômas. Il ne restera pas de traces. »

Ils partirent silencieusement dans le noir avant le lever de la lune. La famille entière se tint cérémonieusement debout et immobile dans la maison dc Juan Tômas. Juana portait sur son dos Coyotito, enveloppé et attaché dans le châle de sa mère, et le bébé dormait, la joue appuyée contre son épaule. Le châle recouvrait la tête de l'enfant et Juana en ramenait un pan pour protéger ses narines de l'air meurtrier de la nuit. Juan Tômas étreignit deux fois son frère à pleins bras et l'embrassa sur les deux joues.

« Que Dieu soit avec toi », dit-il ; et les mots sonnèrent comme la mort. « Tu ne veux pas abandonner la perle ?

– Cette perle est devenue mon âme, à présent, répondit Kino. Si je l'abandonne, je perds mon âme. Que Dieu soit avec toi aussi. »

CHAPITRE 9

Le vent furieux qui soufflait rageusement les lapidait avec les branchettes, le sable et les petits cailloux du chemin. Juana et Kino drapèrent plus étroitement leurs vêtements, protégèrent plus soigneusement leur nez et s'enfoncèrent vers l'inconnu. Le vent avait balayé les nuages, et les étoiles brillaient d'un éclat glacé dans le ciel noir. Le couple marchait précautionneusement, en évitant le centre de la ville où un dormeur, installé sur un seuil, aurait pu les voir passer. Car la ville s'enfermait pour la nuit, et un passant nocturne était aisément remarqué. Kino fit son chemin le long des abords de l'agglomération, prit au nord – au nord selon les étoiles – et trouva la route sablonneuse et défoncée qui mène à Loreto, la ville de la Vierge miraculeuse – à travers le pays broussailleux.

Sentant le vent chasser le sable dans ses chevilles, Kino en éprouva du soulagement, car il eut la certitude qu'ainsi, ils ne laisseraient pas de piste derrière eux. La mince lueur des étoiles lui montrait l'étroit chemin en avant de lui et, dans son dos, il entendait le pas léger de Juana. Kino marchait vite et sans bruit, et sa femme devait trotter pour le suivre.

Un instinct ancestral s'éveilla en lui. À travers la frayeur du noir, sa peur des démons qui hantent la nuit perça tout à coup une vague de joie ; une sorte de flair animal s'éveilla en lui et le rendit prudent, avisé et redoutable ; l'instinct ancestral, héritage de son peuple, revivait dans sa chair. Il avait vent arrière et les étoiles le guidaient. Le vent hurlait et sifflait dans les taillis et, durant des heures, la famille poursuivit sa marche incessante et monotone. Ils ne rencontrèrent personne, ne virent personne. Finalement, la lune blafarde se leva sur leur droite et, à mesure qu'elle montait dans le ciel, le vent s'apaisait et la campagne devenait tranquille.

Maintenant, ils voyaient distinctement devant eux la petite route encaissée et creusée d'ornières sablonneuses. Comme le vent était tombé, ils allaient laisser des empreintes, mais ils étaient déjà à bonne distance de la ville, et peut-être ne seraient-elles pas remarquées. Kino posa soigneusement les pieds dans les ornières et Juana marcha dans ses pas. Quelque gros chariot se rendant de bonne heure à la ville les effacerait sur son passage.

Ils marchèrent toute la nuit sans jamais ralentir l'allure. Un moment, Coyotito s'éveilla, alors Juana le fit passer sur sa poitrine et le calma jusqu'à ce qu'il se rendormît. Les maléfices de la nuit les entouraient. Les coyotes hurlaient et ricanaient dans les fourrés, et les hiboux ululaient au-dessus de leurs têtes. Devant eux, un gros animal franchit la route en rampant et s'enfonça dans les taillis dans un fracas de branches cassées. Kino serra dans son poing le manche de son énorme couteau et en éprouva une réconfortante impression de sécurité.

Alors, tandis qu'ils progressaient au bruit feutré de leurs sandales dans l'ornière sableuse, la musique de la perle s'éleva, triomphante aux oreilles de Kino, accompagnée en sourdine par la douce mélodie de la famille. Ils marchèrent toute la nuit et, quand vint l'aurore, Kino alla explorer le côté de la route pour y trouver un abri durant le jour. Non loin de là, il découvrit une clairière où les cerfs avaient dû gîter ; elle était dérobée aux regards par l'épais rideau de buissons qui bordait le chemin. Lorsque Juana se fut assise pour donner le sein à l'enfant, Kino revint sur la route. Il cassa une branche et balaya soigneusement les empreintes qu'ils avaient faites en la quittant. Et alors, dans les premières lueurs de l'aube, il entendit le grincement d'une charrette ; il s'aplatit dans les buissons et regarda passer le lourd tombereau tiré par un bœuf pesant. Et quand il fut hors de vue, Kino retourna à la route, inspecta l'ornière et constata que leurs empreintes avaient disparu. Balayant encore une fois ses traces, il revint à Juana.

Elle lui servit les moelleuses galettes de maïs qu'Apolonia leur avait préparées et, peu après, elle dormit un petit moment. Mais Kino resta assis sur le sol et veilla, les yeux fixés à terre. Il observait une petite colonne de fourmis qui s'affairait tout près de son pied et, brusquement, il leur barra le passage. Alors, la petite colonne grimpa sur son pied et poursuivit sa route et Kino, gardant son pied immobile, les regarda l'escalader.

Le soleil se leva, déjà brûlant. Ils n'étaient plus à proximité du Golfe, à présent, et l'air était si sec et si brûlant, que les buissons craquaient sous l'effet de la chaleur en dégageant une bonne odeur résineuse. Et lorsque Juana se réveilla, le soleil était déjà haut, et Kino la mit en garde contre certaines choses qu'elle connaissait depuis toujours.

« Fais attention à cette espèce d'arbre, ici, dit-il en le désignant. N'y touche pas, car si tu y touches et qu'ensuite tu portes la main à tes yeux, tu deviendras aveugle. Et méfie-toi de l'arbre qui saigne. Tu vois, celui-là, là-bas. Car si tu en casses une branche, son sang coule et cela porte malheur.»

Elle hocha la tête en souriant légèrement, car elle savait déjà toutes ces choses.

«Est-ce qu'ils vont nous suivre? demanda-t-elle. Crois-tu qu'ils essaieront de nous retrouver?

– Ils essaieront sûrement, répondit Kino. Et celui qui nous retrouvera prendra la perle. Ils essaieront certainement.»

Et Juana poursuivit :

«Peut-être les acheteurs avaient-ils raison, la perle n'a peut-être pas de valeur. Peut-être tout cela n'est-il qu'une illusion?»

Kino fouilla dans ses vêtements et en sortit la perle. Il la fit miroiter au soleil jusqu'à ce que son éclat lui brûlât les yeux.

«Non, dit-il, ils n'auraient pas essayé de la voler, si elle n'avait eu aucune valeur.

– Sais-tu qui t'a attaqué? Est-ce que c'étaient les acheteurs?

– Je ne sais pas, répondit Kino. Je n'ai pas pu les voir.»

Il plongea les yeux dans la perle pour y retrouver sa vision.

«Lorsque nous l'aurons finalement vendue, j'aurai un fusil», dit-il en regardant la surface étincelante pour y trouver son arme, mais il ne vit qu'un sombre cadavre effondré sur le sol et le sang luisant dégoulinant de sa gorge.

Il dit vivement :

«Nous nous marierons dans une grande église.»

Et dans la perle, il revit Juana, le visage meurtri, se traînant dans la nuit vers la maison.

« Notre fils doit apprendre à lire », lança-t-il d'une voix angoissée.

Et alors, dans la perle, il vit le petit visage de Coyotito, gonflé de fièvre par le médicament.

Kino rejeta la perle au fond de ses vêtements ; la musique de la perle avait maintenant pris une note sinistre à laquelle se mêlait intimement la musique du mal.

Le soleil brûlant calcinait la terre : le couple se fraya un chemin à l'ombre dentelée des buissons, faisant fuir sous leurs pas les petits oiseaux tapis dans les ombrages. Au gros de la chaleur, Kino s'arrêta et, rabattant son chapeau sur ses yeux, il se couvrit le visage de sa couverture pour se garder des mouches et s'endormit.

Mais Juana ne s'endormit pas. Assise sur une pierre, elle se tint tranquille, le visage impassible. Sa bouche était encore enflée, là où Kino l'avait frappée, et les grosses mouches tournoyaient autour de la blessure de son menton. Mais elle se tint immobile comme une sentinelle, et quand Coyotito s'éveilla, elle le posa sur le sol devant elle et le regarda agiter les bras et les jambes, lui sourire et gazouiller jusqu'à ce qu'elle aussi lui sourît. Elle ramassa une branchette et le chatouilla, puis le fit boire à la gourde qu'elle transportait dans son paquet.

Kino s'agita dans son sommeil, cria quelque chose d'inintelligible d'une voix gutturale et sa main esquissa le geste de combattre. Puis il gémit et se redressa soudain, les yeux agrandis, les narines palpitantes. Il tendit l'oreille, mais nul bruit ne lui parvint autre que le crépitement de la chaleur torride et le murmure du lointain.

« Qu'y a-t-il ? demanda Juana.

– Chut !

– Tu as dû rêver.

– Peut-être. »

Mais il était nerveux, et lorsqu'elle lui eut donné une galette, il s'arrêta de mâcher pour écouter. Il était mal à l'aise, inquiet ; il lançait des coups d'œil par-dessus son épaule, prenait son couteau et en tâtait le fil. Et, lorsque Coyotito, couché sur le sol, se mit à gazouiller, il dit :

« Fais-le taire.

– Qu'y a-t-il ? demanda Juana.

– Je ne sais pas. »

Il écouta encore une fois, une flamme animale dans les yeux. Puis, silencieusement, il se leva et, à quatre pattes, il rampa vers les buissons qui bordaient le chemin. Il ne descendit pas sur la route, mais se glissa sous le couvert d'un arbre épineux pour scruter dans la direction qu'ils avaient suivie.

Et alors, il les vit avancer. Son corps se figea, il enfonça la tête dans ses épaules et se blottit pour regarder derrière une branche tombée. Dans le lointain, il distingua trois silhouettes, deux à pied et la troisième à cheval. Il devina instantanément qui ils étaient : il pouvait voir que les deux piétons avançaient lentement, penchés vers le sol. C'étaient deux pisteurs, de ceux qui sont capables de suivre la trace d'un bélier sauvage parmi les montagnes rocailleuses. Ils avaient le flair d'un chien de chasse. Quelque part, Juana ou lui avait peut-être posé un pied hors de l'ornière des roues, et ces gens de l'intérieur savaient lire le message d'un fétu de paille brisé ou d'un petit tas de sable renversé. Derrière eux, un homme suivait, à cheval, le nez enfoui dans sa couverture et, en travers de sa selle, un fusil luisait dans le soleil.

Kino gisait, aussi immobile qu'un tronc d'arbre. Il respirait à peine, et ses yeux sautèrent à l'endroit où il avait effacé les traces de leurs pas. Même ce balayage pouvait être un indice pour les pisteurs. Kino connaissait bien les chasseurs des bois. Dans un pays où le gibier était rare, ils arrivaient quand même à subsister, car leur flair était inouï, et maintenant, c'était lui qu'ils chassaient. Ils flairaient le sol, relevaient un indice et l'auscultaient pendant que le cavalier, impassible, attendait.

Les chasseurs poussaient des petits gémissements, comme des chiens frétillants lorsqu'ils sont sur la bonne piste. Lentement, Kino sortit son grand couteau et l'ajusta dans sa main. Il savait ce qu'il devait faire. Si les pisteurs découvraient l'endroit balayé, il devrait sauter sur le cavalier, le tuer vite et prendre son fusil. C'était sa seule chance. Et, pendant qu'ils se rapprochaient, du bout de ses orteils, Kino creusa la terre sous ses sandales afin d'empêcher ses pieds de glisser quand il bondirait brusquement. Sous la branche tombée, son champ de vision était restreint.

Là-bas, dans son refuge, Juana entendit soudain les sabots du cheval et, au même moment, Coyotito roucoula. Elle le prit vivement dans ses bras, le recouvrit de son châle et lui donna le sein pour le faire taire.

Lorsque les pisteurs approchèrent, Kino ne put plus voir que leurs jambes et les pattes du cheval. Il aperçut les pieds noirs et calleux des hommes, leurs pantalons blancs élimés, entendit le craquement de la selle et le cliquetis des éperons. Les pisteurs firent une pose devant l'espace balayé et l'étudièrent ; le cavalier s'arrêta près d'eux. Le cheval secoua la tête, et le mors résonna contre sa langue, puis il hennit. Alors, les sombres pisteurs se tournant vers elle observèrent la bête et guettèrent ses oreilles.

Kino ne respirait plus, son dos tendu était douloureux,

les muscles de ses bras et de ses jambes bandés, et une petite ligne de sueur perlait sur sa lèvre supérieure. Durant un long moment, les pisteurs se penchèrent sur la route puis, lentement, ils avancèrent, étudiant le sol devant eux, et le cavalier les suivit. Les pisteurs se jetèrent en avant, s'arrêtant, repartant vivement. Ils reviendraient, Kino le savait bien. Ils allaient décrire un cercle, chercher, fouiner, ramper ; tôt ou tard, ils reviendraient à sa piste cachée.

Il se faufila en retour, sans même se soucier de dissimuler son passage. C'était impossible : il y avait déjà trop d'indices, trop de branches froissées, d'endroits piétinés, de pierres dérangées. Et une panique l'empoigna, la panique de la fuite. Les pisteurs retrouveraient sa trace, il en était sûr. La seule issue était la fuite. Il s'écarta de la route et revint vite, sans bruit, à la cachette de Juana. En le voyant arriver, elle fixa sur lui des yeux interrogateurs.

« Les pisteurs, dit-il. Viens. »

Et, soudain, un sentiment d'impuissance et de désespérance tomba sur lui, son visage s'assombrit et son regard s'attrista.

« Peut-être ferais-je mieux de les laisser m'attraper », dit-il.

Instantanément, Juana fut sur pied, la main sur le bras de son mari.

« Tu as la perle ? s'écria-t-elle d'une voix rauque. Crois-tu qu'ils te ramèneront vivant pour dire qu'ils l'ont volée ? »

La main de Kino remonta mollement à l'endroit où la perle était cachée dans ses vêtements.

« Ils la prendront, fit-il d'une voix sans force.

– Viens, dit-elle. Viens. »

Et comme il ne réagissait pas :

« Crois-tu qu'ils me laisseront sauve ? Crois-tu qu'ils épargneront notre petit ? »

Ces mots pénétrèrent le cerveau de Kino comme un aiguillon ; ses lèvres se retroussèrent et ses yeux fulgurèrent de nouveau :

« Viens ! ordonna-t-il. Nous prendrons la montagne. Peut-être pourrons-nous les perdre dans les montagnes. »

Fébrilement, il rassembla les gourdes et les petits sacs qui composaient tout leur bien. Kino prit un paquet à la main gauche, mais le grand couteau se balançait librement dans sa main droite. Il écarta les buissons pour Juana et ils prirent vivement à l'ouest, en direction des hautes montagnes. À l'abri des broussailles enchevêtrées, ils avancèrent rapidement. C'était une fuite éperdue. Kino ne tentait plus de dissimuler ses traces ; il trottait, heurtant les pierres, froissant les feuilles révélatrices des petits arbres. Le soleil haut tombait droit sur la terre sèche et craquante, et la végétation protestait sous les pas. Mais au loin s'érigeaient les monts de granit nu jaillis de la rocaille de l'érosion et dressés comme des monolithes vers le ciel. Et Kino courait vers le refuge des hauteurs comme le font presque tous les animaux traqués.

Ce pays desséché était tapissé de cactus et de plantes grasses qui peuvent emmagasiner l'eau, de broussailles dont les racines profondes vont chercher, dans les entrailles de la terre, le peu d'humidité qui leur est nécessaire. Sous le pied, il n'y avait plus de terre, mais des pierres cassées, brisées en petits cubes ou en dalles plates, jamais arrondies par les eaux. Des petites touffes d'herbes sèches et misérables avaient poussé entre les pierres, une herbe née d'une seule pluie, qui avait crû, lâché ses graines puis s'était desséchée tout de suite. Les crapauds cornus regardèrent passer la famille, et, faisant pivoter leurs petites têtes de dragons, la suivirent des yeux. De temps à autre, un énorme lapin de garenne, arraché à la paix de son ombrage, allait en sautillant se cacher derrière la roche voisine. La chaleur implacable s'appesantissait sur la campagne désertique et, en avant, les montagnes semblaient fraîches et accueillantes.

Kino fuyait. Il savait ce qui allait arriver. Un peu plus loin, sur la route, les pisteurs s'apercevraient qu'ils avaient perdu la trace, ils feraient demi-tour et, grâce à quelque indice ou déduction, ne tarderaient pas à trouver l'endroit où Kino et Juana s'étaient reposés. De là, ce serait facile pour eux : les petites pierres, les feuilles chiffonnées, les branches dérangées, les espaces piétinés où le pied avait dérapé. Kino les voyait en esprit se faufiler sur la piste, gloussant de plaisir et, derrière, le cavalier au fusil. Son ouvrage viendrait en dernier – car il ne les ramènerait pas avec lui. Ah ! la musique du mal chantait haut et fort, maintenant, dans la tête de Kino – elle chantait avec les frémissements de la chaleur et le cliquetis sec des serpents à sonnettes. Elle n'était plus ample et écrasante, mais insidieuse et empoisonnée, et les battements de son cœur scandaient son rythme et lui servaient d'accompagnement.

Le chemin se mit à grimper et les pierres devinrent de plus en plus grosses. Mais Kino avait déjà mis une petite distance entre les siens et les chasseurs. Alors, sur le plateau suivant, il se reposa. Il grimpa sur un gros monticule pour observer la campagne rutilante, mais ne put apercevoir aucun de ses ennemis, même pas le grand cavalier chevauchant dans les taillis. Juana s'accroupit à l'ombre du monticule. Elle approcha la bouteille d'eau des lèvres de Coyotito, et la petite langue sèche de l'enfant téta avidement. Lorsque Kino revint, elle leva les yeux sur lui et vit qu'il observait ses chevilles lacérées par les pierres et les broussailles ; alors, elle les recouvrit vivement de sa jupe. Puis elle lui tendit la bouteille mais il secoua négativement la tête. Les yeux de Juana brillaient dans son visage fatigué. Kino passa la langue sur ses lèvres desséchées.

« Juana, dit-il, je vais continuer, et toi tu te cacheras. Je vais les entraîner dans la montagne, et lorsqu'ils seront passés, tu prendras au nord, vers Loreto ou Santa Rosalia. Alors, si je peux leur échapper, je viendrai te rejoindre. C'est le seul moyen sûr. »

Elle le regarda droit dans les yeux pendant un long moment.

« Non, répondit-elle. Nous te suivrons.

– Seul, j'irai plus vite, objecta Kino rudement. Tu fais courir de plus grands dangers à notre petit en m'accompagnant !

– Non ! »

Il la regarda, cherchant un signe de défaillance, de peur ou d'hésitation sur son visage, mais ne les y trouva pas. Elle avait les yeux extraordinairement brillants. Il haussa les épaules dans un geste d'impuissance, mais il avait renouvelé sa force dans son regard. Lorsqu'ils repartirent, leur marche n'était plus une fuite panique.

En s'élevant vers les montagnes, la campagne changeait rapidement d'aspect. Ils rencontraient maintenant de gros blocs de granit séparés entre eux par de profondes crevasses et, lorsqu'il le pouvait, Kino posait les pieds sur les rocs nus et durs, et sautait d'un bord à un autre. Il savait que, chaque fois que les pisteurs perdraient sa trace, ils devraient tourner en rond, perdre du temps pour la retrouver. Aussi ne piqua-t-il plus directement sur la montagne ;

il se déplaça en zigzag et, parfois, prenant au sud, il laissait un petit indice, puis revenait dans la direction des montagnes en marchant sur les pierres nues. Le chemin était raide maintenant, et il haletait en grimpant.

Le soleil descendait vers les cimes rocheuses et dentelées, et Kino se dirigea vers une crevasse sombre et ombreuse qui fendait la chaîne. S'il y avait un peu d'eau quelque part, ce devrait être là car même à cette distance, il devinait des feuillages. Et si quelque part, il y avait un passage à travers la chaîne de roches lisses, ce devait être là, dans cette même crevasse profonde. Elle avait ses dangers, car les pisteurs y songeraient aussi, mais la bouteille d'eau vide ne permettait pas d'hésitation. Alors, sous le soleil couchant, Kino et Juana grimpèrent péniblement la pente raide vers le col.

CHAPITRE 10

Très haut dans la montagne de pierre grise, à l'abri d'un pic rébarbatif, un petit ruisseau jaillissait d'une fente du roc. Les neiges, que l'ombre du grand pic préservait au cours de l'été, l'alimentaient ; il tarissait parfois, révélant son lit tapissé d'algues sèches et de rochers nus, mais la plupart du temps il cascadait, frais, clair et délicieux. À l'époque des grosses pluies, il devenait sans doute un torrent qui précipitait ses blanches eaux écumantes au fond de la crevasse, mais la plupart du temps, il n'était qu'un mince petit ruisseau. Il venait se perdre dans une petite mare puis, à trente mètres en dessous, tombait dans une autre mare, et celle-ci, en débordant, tombait à son tour, et ainsi, de chute en chute, jusqu'aux rocailles du plateau où il disparaissait entièrement. Il en restait d'ailleurs bien peu à la fin car, à chaque chute, l'air assoiffé en absorbait une partie et, en tombant, les cascades éclaboussaient la végétation desséchée. De toutes parts à la ronde les animaux venaient s'abreuver aux petites flaques ; les troupeaux sauvages, les cerfs, les pumas, les racoons[1] et les souris y venaient tous

1. Racoons : ratons laveurs.

boire. Et les oiseaux, réfugiés tout le long du jour dans les terrains boisés, s'envolaient la nuit vers les mares échelonnées en paliers le long de la crevasse. Aux abords du mince ruisseau, dès qu'un peu de terre s'offrait à leurs racines, les plantes s'épanouissaient : la vigne sauvage, les palmiers nains, les fougères chevelues, les hibiscus et les hautes herbes de la pampa se dressaient au-dessus des feuilles raides des plantes grasses. Les grenouilles peuplaient les petits étangs et les vers d'eau rampaient sur les fonds. Tout ce qui aimait l'eau venait à ces rivages. Les chats sauvages y capturaient leur gibier, en éparpillaient les plumes et lapaient l'eau entre leurs dents ensanglantées. Ces flaques étaient des foyers de vie, grâce à leur eau et, par cette même eau, des foyers de mort.

Sur le palier inférieur, là où le ruisseau s'assemblait avant de tomber d'une centaine de pieds et de se dissoudre dans le désert caillouteux, un étroit filet d'eau tombait dans la mare, mais il était suffisant pour la tenir au plein et faire verdoyer les fougères sur le surplomb de la paroi rocheuse. La vigne sauvage grimpait au flanc du mont, et mille petites plantes exubérantes croissaient autour. Les eaux torrentueuses avaient créé une petite plage de sable que la flaque traversait, et le cresson vert et brillant poussait dans les coins humides. Le sol de la grève était sillonné, creusé et défoncé par les pieds des animaux qui venaient là pour boire et pour chasser.

Le soleil était déjà passé de l'autre côté de la montagne rocheuse, lorsque Kino et Juana, se hissant péniblement le long de la pente rocailleuse, atteignirent finalement l'eau. De là, ils surplombaient le désert brûlé de soleil et apercevaient au loin le Golfe bleu. Ils étaient complètement épuisés lorsqu'ils parvinrent à la mare et Juana, s'effondrant à genoux, lava tout d'abord le visage de Coyotito puis, ayant rempli sa bouteille, elle le fit boire. Le bébé était las et agité, et il pleurnicha doucement jusqu'à ce que Juana lui donnât le sein, et alors, grognant avidement, il s'accrocha à elle. Longuement, avidement, Kino but à la mare, puis il s'étendit au bord de l'eau et reposa ses muscles en regardant Juana allaiter l'enfant. À la fin, il se remit sur pied, gagna le bord de la falaise d'où l'eau tombait et scruta soigneusement les environs. Soudain, ses yeux se fixèrent, et il se figea sur place : au loin, tout en bas, il avait vu les deux pisteurs, pas plus gros que deux fourmis fébriles et, derrière eux, une fourmi géante.

Juana, qui s'était tournée pour l'observer, vit son dos se raidir.

« Ils sont loin ? demanda-t-elle d'une voix contenue.

– Ils arriveront ici ce soir », répondit Kino.

Il considéra la haute cheminée de roc au-dessus de lui.

« Il faut prendre à l'ouest », dit-il en fixant des yeux l'épaule rocheuse qui surplombait la crevasse.

À dix mètres au-dessus, dans le mamelon, il aperçut une série de petites grottes érosives. Quittant ses sandales, il grimpa de ce côté en s'agrippant des orteils à la pierre nue et jeta un coup d'œil à l'intérieur. Petites cavités creusées par le vent, elles étaient sans profondeur, mais elles s'affaissaient légèrement au fond. Kino se glissa dans la plus grande, s'y étendit et constata qu'il était invisible du dehors. Alors, il revint vivement vers Juana.

« Il faut monter là-dedans, annonça-t-il. Peut-être ne nous y trouveront-ils pas. »

Sans discuter, elle remplit sa bouteille d'eau jusqu'au goulot. Kino l'aida à grimper et, rassemblant les provisions, les lui passa. Assise à l'entrée de la petite grotte,

Juana le regarda faire. Elle vit qu'il ne tentait même pas d'effacer les traces de leur présence sur le sable. Au lieu de cela, il escalada la falaise verdoyante, bousculant et arrachant la vigne sauvage et les fougères sur son passage. Et, lorsqu'il eut atteint le palier supérieur, à trente mètres audessus, il redescendit. Il inspecta soigneusement le mamelon rocheux au voisinage de la grotte pour s'assurer qu'il ne portait pas d'empreintes et, enfin, grimpa et vint se glisser dans la cave à côté de Juana.

« Quand ils nous auront dépassés, expliqua-t-il, nous nous faufilerons vers la plaine. J'ai seulement peur que le bébé ne crie. Veille bien à ce qu'il ne pleure pas.

– Il ne pleurera pas », dit Juana.

Élevant le visage de l'enfant à la hauteur du sien, elle le regarda dans les yeux, et Coyotito lui rendit gravement son regard.

« Il sait », déclara Juana.

À plat ventre devant l'entrée de la grotte, le menton posé sur ses bras croisés, Kino regardait au-dessous de lui la grande ombre bleue de la montagne s'étendre sur le désert broussailleux puis gagner le Golfe. Et finalement le long crépuscule de l'ombre s'installa sur le pays.

Les pisteurs tardaient, comme s'ils avaient du mal à trouver la trace de Kino. La nuit tombait lorsqu'ils arrivèrent enfin à la petite mare. Tous trois étaient à pied, maintenant, car un cheval n'aurait pu gravir la dernière pente. Vus d'en haut, ils campaient trois minces silhouettes dans le crépuscule. Les deux pisteurs parcoururent la grève et, avant même de boire, ils repérèrent la trace de Kino le long de la falaise. L'homme au fusil s'assit pour se reposer, et les deux autres s'accroupirent à ses pieds et, dans la nuit tombante, la lueur de leurs cigarettes palpita comme des petits phares. Et puis Kino les vit manger, et le murmure vague de leurs voix monta jusqu'à lui.

La nuit profonde et noire s'installa au fond de la crevasse. Les animaux familiers de la mare s'approchèrent, mais, décelant l'odeur de l'homme, se fondirent à nouveau dans l'obscurité.

Il entendit un chuchotement dans son dos :

« Coyotito… »

Elle le suppliait de se tenir tranquille. Le bébé gémit vaguement, mais au son étouffé de sa voix, Kino comprit que Juana lui avait couvert la tête de son châle.

Là-bas, sur la grève, une allumette flamba et, en une brève vision, Kino aperçut les trois hommes : deux d'entre eux dormaient roulés sur eux-mêmes comme des chiens, pendant que le troisième montait la garde ; à la flamme de l'allumette, il vit luire le canon du fusil. La lueur s'éteignit, mais l'image demeura devant les yeux de Kino. Il la voyait telle qu'elle était, la position exacte de chacun des hommes, les deux dormeurs en boule et le troisième, accroupi sur le sable, le fusil en travers de ses genoux. Kino revint silencieusement à l'intérieur de la grotte. Les yeux de Juana étaient deux étincelles réfléchissant une étoile au bord du ciel. Kino se glissa sans bruit jusqu'à elle et approcha ses lèvres de son oreille.

« Il y a un moyen, souffla-t-il.

– Mais ils vont te tuer !

– Si j'arrive le premier sur celui qui a le fusil… poursuivit Kino. C'est lui qu'il faut que j'aie d'abord, après je n'aurai plus rien à craindre. Les deux autres dorment. »

La main de Juana se faufila hors de son châle et s'agrippa au bras de Kino.

« Ils vont voir tes habits blancs à la lumière des étoiles.

– Non, répondit-il. Et il faut le faire avant le lever de la lune. »

Il chercha en vain un mot affectueux, puis y renonça.

« S'ils me tuent, fit-il, tiens-toi tranquille. Et lorsqu'ils seront partis, va à Loreto. »

Serrée sur le poignet de Kino, la main de Juana tremblait un peu.

« Nous n'avons pas le choix, poursuivit-il. C'est le seul moyen. Ils nous trouveraient demain matin. »

La voix de Juana s'étrangla un peu.

« Que Dieu soit avec toi ! » dit-elle.

Il la regarda avec attention et vit ses grands yeux. Il tâtonna, trouva l'enfant et, posant la main sur la tête du bébé, il l'y laissa un instant. Puis il caressa la joue de Juana qui retint son souffle.

Juana vit Kino planté contre le ciel à l'cntrée de la grotte ; il ôtait ses vêtements blancs car, aussi sales et déchirés qu'ils fussent, ils auraient quand même été visibles sur lc fond noir de la nuit. Sa propre peau brune offrait une meilleure protection. Puis elle le vit accrocher le manche de corne de son grand couteau à la corde de son amulette, afin de garder les mains libres. Il ne revint pas vers elle. L'espace d'un instant, son corps fit une tache noire, silencieuse et tassée dans l'entrée de la grotte, puis il disparut.

Juana s'avança jusqu'à l'ouverture et regarda au-dehors. Elle fouillait la nuit, comme un hibou dans son trou. Sur son dos, le bébé dormait, le visage tourné de côté contre son cou et son épaule, et elle sentait son souffle chaud contre sa peau. Et elle chuchotait sa traditionnelle combinaison de prière et de magie – les *Ave Maria* coupés par des vieilles formules cabalistiques contre les noirs esprits surnaturels.

Lorsque, enfin, elle regarda au-dehors, la nuit lui sembla moins noire ; vers l'est, au bord de l'horizon, le ciel se teintait faiblement à l'endroit où la lune allait se lever. Et, tout en bas, elle vit luire la cigarette de la sentinelle.

Comme un lézard, Kino se coula le long de la lisse épaule rocheuse. Pour éviter que son grand couteau ne cogne contre la roche, il avait tourné le cordon de son amulette et l'arme pendait maintenant dans son dos. Ses doigts écartés agrippaient le flanc de la montagne, ses orteils nus tâtonnaient pour trouver un point d'appui, et même sa poitrine collait au rocher, dans sa crainte de glisser ; car le moindre son – un gravier roulant, un soupir, un léger dérapage de la peau contre le roc – ferait dresser l'oreille au veilleur. Le moindre son qui ne s'incorporerait pas à la nuit le mettrait sur le qui-vive. Cependant, la nuit n'était pas silencieuse ; les petites grenouilles d'arbres, qui vivaient dans les frondaisons voisines du ruisseau, jacassaient comme des oiseaux, et le crissement aigu, métallique, des cigales emplissait la crevasse. Et dans là tête de Kino vibrait sa propre musique : basse, palpitante et presque assoupie, la musique de l'ennemi ; mais le chant de la famille était devenu farouche, mordant et cruel comme le ricanement d'une femelle de puma. Ce chant vivait en lui et l'entraînait vers le noir ennemi. Les âpres cigales semblaient reprendre sa mélodie et, par petites phrases, les grenouilles d'arbres la répétaient.

Plus silencieux qu'une ombre, Kino descendait le flanc lisse de la montagne. Un de ses pieds nus avançait de quelques pouces, les orteils tâtaient la pierre, s'y incrustaient, puis venait l'autre pied ; ensuite, la paume d'une des mains s'abaissait un peu, et la seconde suivait jusqu'à ce que, sans en avoir l'air, le corps tout entier se fût déplacé.

Kino gardait la bouche ouverte pour éviter que même son souffle ne le trahît, car il savait qu'il n'était pas invisible. Si le guetteur, flairant un mouvement, regardait vers la tache sombre que faisait son corps contre la paroi, il le verrait. Kino devait se déplacer avec une lenteur telle qu'il n'attirerait pas le regard du veilleur. Il lui fallut très longtemps pour arriver en bas et se cacher derrière un palmier nain. Son cœur tapait à grands coups dans sa poitrine et la sueur ruisselait sur son visage. Il se tapit et fit de longues et profondes inspirations pour se calmer.

Dix mètres à peine le séparaient maintenant de l'ennemi ; il essaya de se rappeler l'aspect du terrain. Y avait-il une pierre qui pourrait le faire trébucher dans son bond ? Il massa ses jambes pour prévenir les crampes et constata que ses muscles étaient durcis par la longue tension. Et soudain, il lança un coup d'œil anxieux vers l'est. La lune allait se lever dans quelques instants ; il lui fallait attaquer avant son apparition. Il distinguait la silhouette de la sentinelle mais les deux dormeurs étaient hors de sa vue. C'était la sentinelle que Kino devait atteindre, et atteindre vite et sans hésitation. Silencieusement, il fit passer le cordon de l'amulette par-dessus son épaule et défit le nœud qui retenait le manche de corne du grand couteau.

Mais c'était trop tard ; au moment où il se redressa, le bord argenté de la lune apparut sur l'horizon et Kino plongea à nouveau derrière le buisson.

C'était une vieille lune, tout ébréchée, à son dernier quartier, mais elle dardait une lumière dure et des ombres noires sur la crevasse. Kino put maintenant distinguer la sentinelle assise auprès de la mare, sur la petite grève. Elle regarda dans la direction de la lune, puis alluma une nouvelle cigarette et l'allumette illumina un instant son visage sombre. Il n'y avait plus d'attente possible. Lorsque le veilleur tournerait la tête, Kino devait bondir. Ses jambes étaient contractées comme des ressorts comprimés.

Et soudain, de tout en haut tomba un petit cri étouffé. Le guetteur tendit l'oreille, se leva, et l'un des dormeurs s'agitant sur le sol s'éveilla et demanda à voix contenue : «Qu'est-ce que c'est?

– Je ne sais pas, répondit le guetteur. On aurait dit un cri… presque un cri humain… comme celui d'un bébé.»

L'homme qui dormait répondit :

«On ne peut pas dire. Ça peut être une femelle de coyote avec sa portée. J'ai déjà entendu des petits coyotes. Ils crient comme des bébés.»

La sueur roulait sur le front de Kino et tombait en gouttes brûlantes dans ses yeux. Le petit cri se fit de nouveau entendre et le guetteur fixa les yeux sur le flanc de la crevasse, en direction de la grotte noire.

«Coyote, peut-être bien», fit-il, et Kino entendit le claquement sec d'un fusil qu'on arme.

«Si c'est un coyote, ceci le fera taire», dit le veilleur en épaulant.

Kino avait déjà bondi quand le coup partit, et la déflagration l'éblouit presque. Le grand couteau fendit l'air et mordit avec un bruit net. Il pénétra dans le cou et profondément dans la poitrine, et maintenant Kino était devenu une machine terrible, implacable. Il pivota et assena sur le crâne de l'homme assis un coup qui le fit éclater comme une grenade. Se traînant de côté, à la manière d'un crabe, le troisième tenta de se sauver, glissa dans la mare puis se mit à grimper follement, à grimper le long de la falaise d'où l'eau ruisselait. Ses pieds et ses mains s'empêtrèrent dans le lacis[1] de la vigne sauvage. Il gémissait et bredouillait dans sa fuite éperdue. Mais Kino, froid et meurtrier comme l'acier, rechargea le fusil d'un geste assuré, épaula, visa soigneusement et tira. Il vit l'ennemi retomber dans la mare et il entra à son tour dans l'eau. À la lueur de la lune, les yeux épouvantés et suppliants le fixaient ; alors, encore une fois, Kino tira – entre les deux yeux.

Et soudain, Kino s'immobilisa, indécis. Il se passait quelque chose. Une sorte de signal tentait d'alerter son cerveau. Les grenouilles d'arbres et les cigales s'étaient tues. Et tout à coup, son esprit brusquement délivré de la rouge obsession reconnut le son – le cri déchirant, sanglotant, hurlant, inhumain qui provenait de la petite grotte au flanc de la montagne rocheuse, le cri de la mort.

Tout le monde, à La Paz, se souvient du retour de la famille ; peut-être reste-t-il encore quelques anciens qui l'ont vu, mais ceux à qui les pères et les grands-pères l'ont raconté s'en souviennent aussi bien. C'est une histoire que tout le monde connaît.

C'est vers la fin d'un après-midi doré que les premiers gamins, courant comme des fous dans la ville, répandirent le bruit du retour de Kino et de Juana. Et chacun se précipita dehors pour les voir. À l'ouest, le soleil descendait vers les montagnes et les ombres s'allongeaient sur le sol. Et c'est peut-être cela qui causa une impression si profonde à ceux qui les virent.

Ils s'avançaient tous deux sur la route défoncée qui mène à la ville. Ils ne marchaient pas à la file, Kino devant et Juana derrière, comme il est d'usage, mais côte à côte. Le

1. Lacis : réseau de fils, de vaisseaux ou, ici, des vrilles de vigne.

soleil se couchait derrière eux et leurs longues silhouettes s'allongeaient devant eux, de sorte qu'ils avaient l'air de porter deux tours d'ombre. Un fusil était couché sur le bras de Kino et Juana avait chargé son châle sur l'épaule comme un sac. Et dedans reposait un petit paquet mou et pesant. Le châle était tout raide de sang séché et le paquet se balançait légèrement à chaque pas. Le visage de Juana était dur, ridé, tanné par la fatigue et par l'effort qu'elle faisait pour combattre cet épuisement. Et ses yeux élargis regardaient en dedans d'elle-même. Elle était aussi lointaine, aussi distante que le Paradis. Les lèvres de Kino étaient serrées, ses mâchoires contractées, et les gens disent qu'il portait la terreur sur lui, qu'il était aussi redoutable qu'un ouragan qui se lève. Les gens racontent qu'ils n'avaient plus rien d'humain, qu'ils avaient traversé la douleur et étaient ressortis sur l'autre versant, qu'une espèce d'aura magique les entourait. Et tous ceux qui s'étaient précipités pour les voir reculèrent pour les laisser passer sans oser leur dire un mot.

Kino et Juana traversèrent la ville, comme si elle n'avait pas existé. Leurs yeux ne regardèrent ni à droite, ni à gauche, ni autour, mais restèrent fixés droit devant eux. Ils marchaient d'un pas un peu raide, comme des poupées de bois animées, et ils transportaient autour d'eux une armature de colonnes de sombre peur. Et, lorsqu'ils traversèrent la ville de pierre et de ciment, les acheteurs de perles les épièrent derrière leurs fenêtres à barreaux, les domestiques collèrent l'œil à la fente des portes et les mères cachèrent le visage de leurs jeunes enfants dans leurs jupes. Côte à côte, Kino et Juana passèrent à travers la ville de pierre et de ciment, à travers leur village de huttes – et les voisins s'écartèrent pour leur faire place. Juan

Tômas leva la main en signe de bienvenue, mais les mots ne sortirent pas de sa bouche, le geste amical ne s'acheva pas, et pendant un long moment il resta planté la main en l'air, déconcerté.

Dans les oreilles de Kino, le Chant de la Famille hurlait, farouchement. Kino était devenu invulnérable et dangereux, et son chant était maintenant un chant de combat. Ils passèrent devant le carré calciné qui avait été leur maison sans y jeter un regard. Ils franchirent les taillis bordant la grève et descendirent à travers la plage, descendirent jusqu'au rivage. Ils n'eurent même pas un regard pour leur pirogue défoncée.

Lorsqu'ils furent au bord de l'eau, ils s'arrêtèrent et regardèrent au loin, par-dessus le Golfe. Puis Kino déposa son fusil à terre, fouilla dans ses vêtements et, tout à coup, la perle apparut dans ses doigts. Il en scruta la surface et elle lui sembla grise et malsaine. Des visages maudits y apparurent, des visages qui le fixaient. Il y vit la lueur d'un coup de fusil. Il y vit l'œil suppliant de l'homme dans la mare. Il y vit Coyotito gisant dans la petite grotte, le crâne arraché par le coup de feu. Et la perle était affreuse, grise comme une excroissance maligne. Et Kino entendit alors la musique de la perle, dissonante et folle. Sa main tremblait légèrement lorsqu'il se tourna vers Juana pour la lui tendre. Debout à son côté, elle portait toujours son fardeau de mort sur l'épaule. Un instant elle considéra la perle dans la main de Kino, puis le regardant bien droit dans les yeux, elle dit doucement :

« Non, toi... »

Et Kino, levant le bras très haut, lança la perle de toute sa force. Kino et Juana la regardèrent décrire sa trajectoire clignotante et étincelante dans le soleil couchant. Ils virent au loin le petit éclaboussement et, côte à côte, ils contemplèrent longuement la place où elle s'était engloutie.

Et la perle descendit vers le fond, dans l'eau verte et douce. Les algues flottantes lui faisaient signe et la saluaient dans sa chute. À sa surface, les lumières jouaient, vertes et adorables. Elle se posa sur un fond sablonneux, parmi les herbes sous-marines aux aspects de fougères. Au-dessus d'elle, la surface de l'eau ressemblait à un miroir vert. Et la perle reposa sur le sol de la mer. Un crabe qui traînait au fond fit lever un petit nuage de sable ; quand il se fut dissipé, la perle avait disparu.

Et la musique de la perle s'estompa, ne fut plus qu'un murmure et se tut à jamais.

Arrêt sur lecture 3

« Je suis un homme »

Cette phrase, Kino la répète à Juana au chapitre 7 pour lui donner confiance et opposer l'esprit de la lutte au renoncement fataliste. Avant la rédaction de *La Perle*, Steinbeck remarque dans son ouvrage *Dans la mer de Cortez* :

« Il n'existe peut-être aucun autre animal qui soit déchiré entre deux choix. On pourrait dire de l'homme, assez justement bien que simplement, qu'il est un paradoxe bipède. »

Un paradoxe que les derniers chapitres de *La Perle* éclairent dans toute sa dimension tragique*.

Un demi-fou et un demi-dieu

Kino est un insensé. Il refuse de vendre la perle à une somme, certes trop basse, mais qui ferait tout de même sa fortune. Pourquoi ? Parce que, précisément, il n'est pas de ceux qui se contentent de ce qu'on leur donne. Il est un homme qui, amoureux de la liberté et de la justice, voit briller son avenir dans la perle. Insensé, Kino l'est aussi parce qu'il met en branle « tout un système », « toute une manière de vivre » pour faire fructifier la chance que lui offre le destin. L'homme est un fou parce qu'il préfère l'action, la révolte ou la fuite à la résignation vile que lui proposent chacun à sa manière Juana, Juan Tômas et tous les représentants de l'ordre social que sont les mendiants, le prêtre ou les marchands de perles. Mais c'est cette folie qui fait parfois des êtres des demi-dieux : s'il vainc et s'il parvient à vendre à sa réelle valeur la « Perle du Monde », Kino sera aux yeux de tous un conquérant, un créateur de monde, celui par lequel les choses auront changé : « Son courage nous servira à tous. »

Partagé entre l'action et l'inertie rassurante, Kino est également traversé en alternance par la colère, qui lui donne la force de réagir, et par la peur, qui le tétanise et lui fait perdre tous ses moyens. Raisonnable et malin quand il s'agit d'égarer les pisteurs dans la montagne, il est facilement possédé par ses passions au point de ne plus se rendre compte des réalités qui l'entourent. Le courage confine chez lui à l'aveuglement; la dernière partie du récit le montre ainsi « empoigné » par la colère, se lançant à la poursuite des ombres assassines dans la nuit ou violent au point de frapper sa femme au visage. Machine meurtrière, trop tard délivré de la « rouge obsession », Kino se brise comme tous les hommes sur les « montagnes » de l'existence. Au milieu de ce déchirement, il s'appuie sur sa compagne, qui sans cesse le porte, le relève et le suit, à la fois admirative et effrayée, en espérant peut-être qu'il ait malgré tout raison.

Un homme n'est pas une femme : le personnage de Juana

La représentation de la femme dans le roman n'échappe pas au manichéisme* dominant. Les femmes ne sont donc pas des « hommes comme les autres » ; elles ont des qualités et des attitudes propres. Si la peur de Kino le plonge dans le découragement le plus profond, celle de Juana lui agrandit les yeux et déclenche malédictions et supplications sans pour autant la réduire à l'inaction. À côté de la puissance virile mais aveuglée de Kino, la femme réagit et pense autrement. Intuitive et raisonnable, Juana connaît la mort parce qu'elle a donné la vie. Elle sait ainsi que les montagnes ne se déplacent que rarement, et souvent au prix de sacrifices terribles.

La Mère paysanne, de David Alfaro Siqueiros, 1924 (musée d'Art moderne, Mexico).

La caricature n'est pas loin lorsque Steinbeck nous décrit l'admiration confiante de Juana, qui suit son homme à petits pas et qui lui obéit au point d'accepter qu'il la frappe. Pourtant le personnage est plus complexe qu'il n'y paraît. L'intrigue lui confère une place capitale qui évolue et qui finit par en faire l'égale de Kino lorsqu'ils reviennent ensemble, côte à côte, après l'épreuve de la montagne. D'une certaine manière, Juana devance son époux, alors même que le texte la montre toujours en train de le suivre. Elle est la première à réagir à la piqûre du scorpion, et elle sauve l'enfant. C'est aussi elle qui le délivre de l'incendie de la hutte, qui panse les plaies de Kino et qui tente de préserver l'unité familiale en répétant inlassablement le rituel du repas. Chose surprenante pour une femme habituellement soumise : elle se révolte contre le sort et réclame le docteur. Mais elle est aussi la première à se résigner lorsque leur espoir se brise sur la porte du médecin. Au cœur de l'épreuve, elle refuse de se séparer de Kino, sans doute par crainte, mais surtout parce qu'elle sent confusément que le Mal sépare et que seule la fuite commune pourra les réunir. Belle et modeste, Juana possède une robustesse physique et morale exceptionnelle puisqu'elle suit Kino sans fléchir ni se plaindre. Elle porte de même le cadavre de son enfant le visage durci mais impassible. C'est cette force d'esprit qui nourrit Kino : si les femmes rêvent peu, elles ont des yeux où les hommes puisent l'espoir du meilleur :

> **Elle avait les yeux extraordinairement brillants. Il haussa les épaules dans un geste d'impuissance, mais il avait renouvelé sa force dans son regard.**

Juana trotte derrière Kino, mais son courage et sa lucidité font qu'elle mérite, à la fin, de marcher aux côtés de son mari et de rompre ainsi la tradition qui place les femmes derrière les hommes. Juana a perdu son enfant et c'est à Kino de sacrifier la perle. Désormais ils sont unis dans leur deuil mais quelque chose a définitivement changé.

Un homme tue et peut mourir

Dernier paradoxe et non des moindres : l'être humain sait qu'il peut mourir et qu'il peut tuer :

« Le trait spécifique d'*Homo sapiens* est que des groupes d'individus sont périodiquement atteints d'une nervosité fiévreuse qui les pousse à attaquer et à détruire non seulement leur propre genre, mais les œuvres de leur propre genre [...]. Jusqu'ici, le trait de meurtre de notre espèce est aussi constant et observable que nos divers comportements sexuels. »

Dans la mer de Cortez

Steinbeck rédige ce constat au moment de son exploration dans la mer de Cortez et songe naturellement à l'Europe, entrée dans la Seconde Guerre mondiale.

Comme les gros poissons ou les loups, l'homme est un prédateur, le plus terrible de tous sans doute, parce qu'il invente des armes perfectionnées pour parvenir à son but. Harpon, couteau, fusil... Kino rêve de posséder ou possède les armes qui sont les signes et les instruments de son pouvoir sur le monde. Le récit est ponctué de toute une suite de meurtres réels ou symboliques qui n'ont pas la même valeur, mais qui finissent par s'équilibrer. Certains enclenchent le drame : le scorpion est écrasé au poing mais cela ne l'empêche pas de piquer; l'huître est éventrée mais son contenu n'apporte pas le bonheur. Enfin la silhouette noire que Kino assassine pour se défendre scelle définitivement le destin des héros. L'ouvrage bascule au moment du « meurtre » symbolique de la pirogue. Quatre meurtres pour un seul et même refus : le refus de l'ordre du monde, de la loi de la nature qui reprend ses enfants, de la loi religieuse qui affirme que les pauvres doivent rester pauvres et que seuls les riches n'ont pas à rendre compte de leurs crimes.

Quatre meurtres rachetés par quatre autres dans le dernier chapitre : ceux des deux pisteurs et de l'homme en noir et celui de l'enfant innocent. Kino rachète en effet par les trois meurtres nocturnes sa liberté perdue et revient au village sans crainte apparente des autorités, alors qu'il est bien plus un assassin qu'à son départ. C'est donc qu'il s'est réalisé un terrible échange au bas du pic rocheux : alors que les ennemis prennent sans le savoir la vie de Coyotito, Kino ôte au couteau puis au fusil celle des « méchants » qui ont « tué » son bateau.

Au retour, Kino et Juana avancent dans une symétrie quasi parfaite :

la mère porte l'enfant mort sur son épaule, l'homme le fusil. Le parallélisme reste malgré tout incomplet, car il y a toujours cette perle dans la poche qu'il faudra lancer pour que l'équilibre soit enfin rétabli. Un fusil contre un enfant : le rêve de Kino s'est réalisé, mais à quel prix !

Pour une lecture : le meurtre des pisteurs (p. 132 à 137)

Introduction

Cette scène de double meurtre est le point d'aboutissement de la « fuite panique » de la famille devant les pisteurs et le mystérieux homme à cheval. Il fait nuit et Kino doit se dépêcher de se débarrasser de ses ennemis avant que la lune ne se lève. Hélas ! celle-ci fait son apparition trop tôt et retarde d'un bref instant le geste de Kino. Ce retard est fatal puisqu'il permet aux pisteurs de tuer Coyotito, sans même le savoir. Comment écrire une scène d'action et susciter un point d'apogée dans la tension dramatique d'un récit ? Quel sens donner à ces meurtres qui nous apparaissent comme des sacrifices humains ?

<u>1 – L'évocation d'un meurtre nocturne</u>

Les romans de Steinbeck ont souvent été adaptés au cinéma, sans doute parce qu'en les écrivant celui-ci songeait déjà à leur mise en œuvre cinématographique, mais surtout parce qu'il développe, comme beaucoup d'écrivains américains de cette génération, une esthétique* du montage proche du septième art.

a) Un décor inquiétant et hostile :

Comme dans un film, il faut d'abord planter un décor. Le passage qui précède le texte étudié a montré comment Kino est lentement descendu comme un serpent vers le point d'eau où se sont installés les pisteurs. Le meurtre se déroule ainsi au point le plus bas du paysage : il est une descente aux enfers et, pour traverser l'eau et revenir au réel, il faudra payer une obole, à savoir la mort d'un enfant et le prix d'une perle. Dans la scène qui nous intéresse, le décor est peu évoqué car il a été préalablement décrit; mais les rares éléments qui sont mentionnés sont capitaux.

Une fois de plus, Steinbeck établit une analogie* entre le monde animal et le monde humain : les prédateurs savent qu'il faut attendre tous les soirs les proies au bord du point d'eau. Comme le chat sauvage, Kino va capturer son gibier. Comme des bêtes aux abois, les pisteurs vont paniquer : l'un glisse dans la mare et grimpe maladroitement la falaise; l'autre meurt tétanisé, fusillé dans l'eau. Pour autant, l'analogie mise en place par Steinbeck n'exploite pas véritablement toutes les possibilités de la projection anthropomorphique*. La nature semble indifférente au meurtre qui se joue en son sein, elle n'est qu'un décor neutre, qui parfois aide indirectement Kino (les pieds du pisteur s'emmêlent dans la vigne), parfois entrave ses plans (la lune se lève trop tôt).

L'évocation du décor nocturne paraît donc capitale pour créer une atmosphère inquiétante, qui partage violemment l'univers en zones d'ombre et en zones de lumière. La lune argentée renvoie à la perle mais elle n'est plus qu'un quartier, tout « ébréchée » à l'image de l'« accident », qui ne fait plus rêver Kino et où ne se reflètent plus que des images de mort. Jadis, les ancêtres de Kino, les Aztèques, fabriquaient des crânes en obsidienne si brillants que le monde entier se lisait sur la pierre et les hommes y reconnaissaient leur visage sur le miroir de la mort.

b) Écrire le meurtre :

Une fois le décor planté, on peut jouer sur les angles de vue pour susciter la tension dramatique. Steinbeck va faire alterner dans sa description du meurtre des pisteurs par Kino des plans larges (l'horizon, la lumière sur la crevasse, la sentinelle distinguée par l'Indien en contrebas) avec des gros plans (les jambes contractées, la sueur qui roule sur le front, les yeux fixes du guetteur). Tout l'art réside alors dans le montage de ces plans qui se succèdent sans transition et qui créent une dynamique dramatique. On passe ainsi très rapidement du camp ennemi (dialogue entre les pisteurs) à celui de Kino puis à la grotte où sont réfugiés Juana et l'enfant. La force de l'action repose sur le travail que Steinbeck effectue sur l'espace qui, à plusieurs reprises, s'élargit et

Vase représentant la tête de Tezcatlipoca, vers 1500 (Coleccion Fundacion Televisa, Mexico). Dieu du ciel nocturne, de la chasse, de la providence, Tezcatlipoca (« Miroir fumant ») était un dieu très important et puissant du panthéon aztèque. Son emblème est la lame d'obsidienne, qui représente le froid, l'obscurité, le vent glacial du nord.

se contracte, passe de la verticale (Kino descend vers les pisteurs) à l'horizontale (il se bat dans l'eau) pour revenir à la grotte située en surplomb par rapport à la scène. Comme Kino en train de tuer, la caméra pivote, passant d'un plan à un autre.

La description du meurtre s'appuie sur une combinaison semblable de plans et d'effets sonores : on entend le coup qui part, le couteau qui pénètre dans la peau, les gémissements de la victime. Mais il est surtout intéressant de constater que la dimension physique du meurtre est peu développée. Cela confirme sa portée symbolique et suggère que Kino est dans un état second qui l'empêche d'éprouver de l'horreur ou même de la difficulté à commettre l'acte. Il n'y a en effet que peu de mentions faites au sang qui coule ou même à la souffrance de victimes. Le meurtre est « froid » et méthodique comme Kino : le couteau pénètre la chair de façon si brutale qu'elle en est abstraite. Il faut attendre le « retour au réel » pour que la « rouge obsession » s'impose. L'absence de notations physiques n'atténue pourtant pas la violence du meurtre : le rythme court et rapide des phrases et les verbes qui s'enchaînent implacablement évoquent une mécanique fatale : un homme qui a perdu toute pitié exécute au mieux sa tâche de chasseur, mais est-il toujours un homme ?

2 – Un échange effroyable : l'humanité perdue

Effectué avec la violence méthodique d'un rituel de sacrifice humain, le meurtre des trois hommes se présente comme une vengeance et peut-être comme une libération. Kino n'a pourtant guère le temps de le croire : une fois de plus, au moment où il pourrait se sentir sauvé, la mort se rappelle à lui, ultime maîtresse du jeu de la vie.

a) De l'aveuglement à l'animalité :

Le meurtre perpétré par Kino semble parfaitement calculé, comme l'indique le vocabulaire, emprunté au champ lexical de la technique (« machine terrible », « implacable », « froid et meurtrier comme l'acier »). Cependant il est aussi décrit d'une façon qui suggère que Kino ne se rend pas compte de tout ce qu'il fait. D'une efficacité redoutable, c'est une mécanique qui « pivote, assène, épaule, vise et tue » sans aucun sentiment de dégoût ou de pitié. Kino est devenu une bête à tuer au point de n'être que le couteau qui pénètre et que le fusil qui tire, grâce à la métaphore* du métal. Le jeune Indien intériorise le meurtre si bien qu'il paraît possédé par un dieu qu'il ne connaît pas. Il est insensible à la supplication de l'ennemi parce qu'il a perdu jusqu'à l'usage de ces sens qui font l'humanité.

Si le couteau fend l'air d'un bruit sec, le bruit du coup de fusil, lui, Steinbeck, si précis dans ses notations sonores, veille à ne pas l'évoquer – l'arme est pourtant utilisée par deux fois. C'est que Kino ne l'entend plus, pas plus qu'il n'entend ce que bredouillent les pisteurs. Le retour au réel se traduit par un retour à l'audition : c'est le cri déchirant de Juana, le cri de la mort, qui ramène Kino vers le monde des hommes. La précision du vocabulaire et la gradation renforcée par l'écho du son [ã] (« déchirant, sanglotant, hurlant ») marquent tragiquement les retrouvailles avec le réel. Ce sont bien des hommes qui meurent même s'ils fuient comme des « crabes » ou crient comme des « bébés coyotes ». Et c'est bien une femme, là-bas, qui crie la mort de son enfant, elle qui a su affronter en silence la douleur de l'enfantement.

b) La métamorphose de l'humanité :
Tous meurent blessés à la tête ou à la gorge, organes vitaux que les animaux cherchent toujours à atteindre dans leur chasse à la proie. L'un par hasard, les autres méthodiquement. Les « maîtres » ne savent pas ce qu'ils font mais ils contraignent Kino au crime. Au cœur de la nuit les hommes et les bêtes se sont confondus. Et la perle aura fait de Kino un féroce prédateur, qui a ôté quelques pages auparavant ses vêtements blancs, derniers signes de la vie sociale qu'il a quittée pour retrouver la nudité animale. Comme un lézard, il s'est collé au rocher et est devenu une machine, plus terrible encore qu'un animal, car il possède un fusil.

À l'autre bout du décor, Juana atteint, elle aussi, les limites de l'humain : si les cris de coyote sont parfois humains, ceux d'une mère déchirée peuvent devenir monstrueux. On ne peut les décrire avec un seul mot, ni les faire entendre. On ne peut que tenter de les approcher avec une énumération forcément en deçà de l'horreur : ces cris sont la manifestation même de la mort. Dans la ligne de blanc qui sépare l'ellipse tragique* de la mort de l'enfant et l'épilogue, se lit une stupeur, celle de Kino qui revient au réel, les bras ballants comme au premier chapitre face au bébé piqué, une fois de plus impuissant, et qui regarde sa femme pleurer. « Un bateau n'a pas de fils, un bateau n'est pas capable de se défendre, et un bateau blessé ne cicatrise pas » : il en est des enfants comme des pirogues.

Conclusion

On sacrifie toujours les innocents : il faudra aussi abattre Galiban, le beau poney rouge de Jody, ainsi que Lennie au bord de la rivière... Que faire dès lors d'un monde où les hommes portent le fardeau de leurs espoirs morts ? Le retour de Kino et de Juana signe-t-il définitivement l'abdication devant le destin et le servage ou au contraire prépare-t-il un renouveau implacable ?

Fuir et revenir : un nouveau commencement ?

La perle aura au moins appris une chose au lecteur : les apparences sont trompeuses et les mirages innombrables. Kino fuit, s'exile, perd tout ; pour autant échoue-t-il ? Steinbeck veille bien à laisser l'issue du roman en suspens. Si le récit s'achève avec le « dit » de la perle et son chant qui se tait à jamais, nul ne raconte la fin de l'histoire de Kino et de Juana, sans doute parce qu'elle n'a pas plus d'importance que celle des fourmis qui arpentent le texte, assurément parce qu'elle reste à découvrir et à inventer tant que l'humanité vivra.

La fuite panique ou le retour à la nature

La fuite de Kino et de sa famille paraît en bien des points catastrophique pour le couple : c'est l'entrée dans l'inconnu qui terrifie, c'est la peur de l'étranger qui surgit. La fuite recouvre aussi l'obligation de quitter un monde stable pour un monde qui n'existe pas encore et dans lequel il faut conquérir sa place. En chemin il y a la faim et la soif, la confrontation avec le climat hostile, la solitude et le risque de se faire attaquer.

Fuir : une chance ? – Cependant, Steinbeck ne choisit pas par hasard l'adjectif « panique » pour qualifier à plusieurs reprises cette fuite. La panique est certes un trouble violent de l'esprit mais aussi le sentiment de terreur éprouvé devant Pan*, le dieu grec des forces naturelles et de l'instinct animal. La fuite panique de Kino se présente ainsi comme le résultat de sa peur de l'homme en noir, mais peut également se comprendre comme un exil vers la nature. Dès lors, le périple se lit moins comme un adieu que comme des retrouvailles avec l'harmonie perdue des hommes et du monde. Cette harmonie s'était fait entendre au premier chapitre lors de l'éveil de Kino, mais elle paraissait déjà menacée tant le jeune Indien était corrompu par les valeurs véhiculées par le monde civilisé des Européens. Ainsi, au premier chapitre, il était dit que Kino connaissait le chant de la famille mais qu'il était incapable d'inventer de nouveaux chants comme le faisaient ses ancêtres. La fuite dans la montagne se présente alors du point de vue* de Steinbeck comme une nécessité mais surtout comme une chance de renouer avec l'environnement naturel et le savoir capital que celui-ci recèle. Alors que le savoir des puissants s'apprend dans les livres, le savoir tragique du dieu Pan, les lois harmoniques qui unissent les hommes et l'univers ne s'offrent que dans l'épreuve et dans une fuite vers les origines.

Un voyage initiatique – Il faut ensuite se défaire de ce que l'on croit savoir et reconsidérer autrement le monde : la nuit devient un refuge alors qu'elle était angoissante, elle oblige à entendre les bruits du monde, à déchiffrer son langage. Kino lit dans le livre ouvert du ciel étoilé et recouvre son « instinct ancestral ». Le périple du couple est la découverte d'un savoir primitif : Kino retrouve son « flair animal » et l'« héritage de son peuple » s'incarne à nouveau en lui. L'avancée vers la montagne s'impose comme un voyage initiatique : Kino réinvente les ruses du chasseur qu'il avait cessé d'être, guette l'ennemi, renoue avec la connaissance des plantes magiques, qu'il enseigne à Juana. Mais celle-ci ne les avait pas oubliées, sans doute plus proche de la nature que son époux. Dans l'esprit de Steinbeck, les femmes connaissent les légendes et les malédictions mieux que les hommes et ce sont elles qui les perpétuent.

Métamorphose – Mais l'apprentissage est lent, Kino résiste, s'accroche encore au rêve auquel Juana est quasiment prête à renoncer. Alors que celle-ci a l'intuition que la perle n'est qu'une illusion, un jeu du destin, Kino essaie de ranimer l'esprit du premier soir autour du foyer. Mais il ne voit se dessiner sur la surface de la perle que le malheur. Là encore Juana devance son mari, dans les savoirs retrouvés comme dans cette force d'âme qui lui donne le courage de poursuivre, et qui lui fait pressentir que de la fuite surgira un message capital. C'est pourquoi elle se tait, impassible devant les paroles vaines de Kino ; c'est pourquoi elle sourit et joue avec l'enfant. Désormais, même si la fuite est éperdue et que les pisteurs ne manqueront pas de les retrouver, Kino sait. « Il savait ce qui allait arriver. » Il anticipe leurs pièges, il sait où les hommes vont s'arrêter, il devine l'eau aux feuillages verdoyants, il a réappris l'art de tuer. Même Coyotito est métamorphosé par cette fuite :

Élevant le visage de l'enfant à la hauteur du sien, elle le regarda dans les yeux, et Coyotito lui rendit gravement son regard.
– Il sait, déclara Juana.

À l'issue de cette plongée vers les origines, Kino va quitter ses vêtements, pour ne faire qu'un avec la bête ou avec le totem qu'il avait oublié en empruntant son nom aux Espagnols.

La rencontre avec le sacré

Hors du monde social – À leur retour, Kino et Juana sont métamorphosés par ce qu'ils ont appris dans la montagne. Tout indique le changement dans le récit qui est fait de la traversée du village. La mémoire collective en a scellé le souvenir. Première singularité : ils marchent de front, unis, l'un à côté de l'autre. L'épreuve a aboli la hiérarchie, ils sont égaux dans le malheur et c'est là le premier signe de leur refus du « temps d'avant la perle ». Seconde marque de ce bouleversement : ils portent sur leur corps et sur leur visage les stigmates de l'effort fourni et de la douleur éprouvée. Ils ont vieilli, sont épuisés mais ils sont aussi durcis moralement par leur sacrifice. Enfin Kino et Juana ne reviennent qu'en apparence dans le monde social : ils sont comme absents, regardent dans le vide ou à l'intérieur d'eux-mêmes. Ils n'ont pas un regard pour ceux qui les entourent, la ville, les proches, les voisins. Et cette raideur angoissante réduit à néant les codes sociaux d'usage comme la main levée de Juan Tômas ou l'accueil de la collectivité. Rien de ce qui importait avant ne les intéresse : ni la pirogue ni la maison, détruites. Ils ne sont plus de ce monde, ils ont vu ce qui était interdit, tabou, sacré, ce qui ne peut être accessible au profane.

Porteurs de la vérité – Objets et acteurs du sacrifice de la montagne, ils sont à présent intouchables car ils portent en eux l'expérience de la mort, du sens de l'existence, symbolisée par l'image des deux tours d'ombre. Du coup, ils effraient, comme les fous ou ceux qui sont revenus de la mort alors qu'ils auraient dû disparaître. Ils ont perdu l'humanité qui rend léger, insouciant, plein de désir : ils sont sacrés, magiques. Les enfants ont peur, on s'écarte de leur chemin. Partis vers la montagne comme des boucs émissaires destinés à prendre avec eux tout le mal qui menace la communauté, ils reviennent avec le regard de la vérité. Désormais ils savent. Mais que savent-ils donc de si terrible qu'ils ne pourront jamais le dire et qu'on ne pourrait jamais croire s'ils essayaient de parler ? Steinbeck tire la leçon de l'aventure du jeune Indien dans le récit *Dans la mer de Cortez* :

« Le jeune Indien est trop héroïque, trop sage. Il sait trop de choses et agit en fonction de ce qu'il sait. Tout ce qu'il fait va dans le sens opposé à l'humain. »

Kino et Juana ont soulevé un instant le voile ; ils savent le caractère dérisoire des rêves et de toute volonté de puissance, la fragilité de la vie, la puissance des jeux du destin. Sont-ils pour autant brisés ?

Un retour à l'ordre ?

La fin de *La Perle* semble accréditer l'hypothèse d'un retour à l'ordre perturbé par la découverte du trésor. Kino et Juana s'avancent vers l'océan et le jeune Indien abandonne seul la perle à la mer. L'architecture de l'univers est rétablie. La perle disparaît dans le sable : elle n'a jamais existé. Rien n'aurait été changé ? Et les pauvres auraient appris ce qu'il en coûte de défier les maîtres du « château de l'Univers » ?

Pourtant bien des choses ont changé : si l'on imagine Kino reconstruire sa pirogue et éventuellement pêcher à nouveau des perles, Juana reprendre le geste de marteler les galettes, ils ne seront plus jamais les mêmes. Soit ils auront été anéantis par tant d'ironie perverse, soit ils auront été bouleversés par la redécouverte du savoir ancestral – définitivement étrangers au monde, mais à présent susceptibles de fonder une réelle descendance. Qui sait qui, de la colère révolutionnaire ou de la peur servile, aura le dernier mot ?

Groupement de textes : le meurtre

La description du crime est un motif récurrent dans la littérature, parce que propre à la nature humaine. De l'assassinat de Remus par Romulus à celui d'Abel par Caïn, du meurtre d'Agamemnon par sa femme Clytemnestre à l'exécution du Christ, l'histoire des hommes et de leurs mythes est traversée par la violence, gratuite ou fondatrice. La littérature a ainsi son anthologie du meurtre : non seulement celui-ci est décrit selon des techniques et des points de vue différents, mais il joue souvent un rôle capital dans l'intrigue. Tout meurtre est symbolique, même quand il se donne pour gratuit ou absurde. Chacun des extraits qui vont suivre aborde différemment les mêmes questions : comment devient-on criminel ? que faire des pulsions violentes qui se sont déchaînées et dont on ne peut plus se dégager ? quelles sont les conséquences du meurtre ? quelle fonction ou utilité lui accorder ? que devient l'humanité dans l'acte meurtrier ?

John Steinbeck, *Le Poney rouge* (1945)

Les nombreuses scènes de meurtre de *La Perle* font écho à d'autres passages célèbres de l'œuvre de Steinbeck. Ainsi, dans *Le Poney rouge*, Billy, un des personnages, est contraint d'abattre la jument Nellie, qui n'arrive pas à mettre bas. Il se joue là un sacrifice terrible qui oblige l'homme à prendre en charge la responsabilité de la mort de l'animal au nom même de l'humanité, pour sauver le poney à naître. Cela ne va pas sans drame et déchirement. Ici la vie naît de la mort donnée.

« Va dehors, Jody, dit-il.

Le gamin ne bougea pas et le regarda d'un air buté.

« Va dehors, je te dis. Il va être trop tard. »

Jody ne bougea pas.

Alors Billy s'approcha vivement de la tête de Nellie. Il cria :

« Détourne la tête, sacré Bon Dieu, détourne la tête. »

Cette fois, Jody obéit. Il tourna la tête de côté et il entendit Billy murmurer d'une voix rauque dans le box. Puis il entendit un son creux d'os broyés. Nellie lança un ricanement perçant. Jody regarda à temps pour voir le marteau se relever et s'abattre une seconde fois sur le front plat. Alors Nellie s'affala lourdement sur le côté et fut agitée un instant de tremblements.

Billy se précipita vers le ventre ballonné ; son grand couteau de poche était dans sa main. Il souleva la peau et y fit pénétrer le couteau. Il tailla et lacéra la panse durcie. L'air s'emplit d'une odeur écœurante d'entrailles chaudes encore vivantes. Les autres chevaux se mirent à tirer sur leurs chaînes, à hennir et à donner des coups de pied.

Billy laissa tomber le couteau. Ses deux bras plongèrent dans l'horrible trou déchiqueté et en tirèrent une grosse masse blanche dégoulinante. De ses dents il déchira l'enveloppe pour y faire un trou. Une petite tête noire apparut dans la déchirure avec ses petites oreilles minces et humides. Un souffle de respiration passa en gargouillant, puis un autre. »

Trad. Marcel Duhamel et Max Morise, coll. Folio junior, n° 438

John Steinbeck, *Des souris et des hommes* (1937)

Dans *Des souris et des hommes* les scènes de meurtre se multiplient, sans avoir pour autant la même fonction. Lennie, une brute gentille mais faible d'esprit, adore les petits animaux mais finit par les tuer sans le faire exprès à force de les caresser et de les manipuler. Candy, un vieil homme, est contraint de laisser abattre son vieux chien par un de ses collègues avide de se servir de son arme. Mais les deux scènes les plus fortes se situent à la fin de l'ouvrage et se répondent : Lennie étrangle une femme dont la robe rouge et les cheveux soyeux le fascinent ; George, son ami de toujours, est à la suite de cet épisode dans l'obligation d'exécuter Lennie, parce qu'il est jugé trop dangereux et que la justice des hommes sera pire encore. On retrouve les motifs du meurtre par panique puis de l'assassinat médité au bord de l'eau présents dans *La Perle*, ainsi que l'analogie* faite entre animaux et humains.

« De ses gros doigts, Lennie commença à lui caresser les cheveux.

« Ne m'décoiffe pas », dit-elle.

Lennie dit :

« Oh ! C'est bon. » Et il caressa plus fort. « Oh ! C'est bon.

– Attention, tu vas me décoiffer. » Puis, elle s'écria avec colère : « Assez, voyons, tu vas tout me décoiffer. »

D'une secousse elle détourna la tête, et Lennie serra les doigts, se cramponna aux cheveux.

« Lâche-moi, cria-t-elle. Mais lâche-moi donc. »

Lennie était affolé. Son visage se contractait. Elle se mit à hurler et, de l'autre main, il lui couvrit la bouche et le nez.

« Non, j'vous en prie, supplia-t-il. Oh ! J'vous en prie, ne faites pas ça. George se fâcherait. »

Elle se débattait vigoureusement, sous ses mains. Lennie commença à crier de frayeur.

« Oh ! Je vous en prie, ne faites pas ça, supplia-t-il. George va dire que j'ai encore fait quelque chose de mal. Il m'laissera pas soigner les lapins. »

Il écarta un peu la main et elle poussa un cri rauque. Alors Lennie se fâcha.

« Allons, assez, dit-il. J'veux pas que vous gueuliez. Vous allez me faire arriver des histoires, tout comme a dit George. N'faites pas ça, voyons. »

Et elle continuait à se débattre, les yeux affolés de terreur. Alors il la secoua, et il était furieux contre elle.

« Ne gueulez donc pas comme ça », dit-il en la secouant, et le corps s'affaissa comme un poisson.

Puis elle ne bougea plus, car Lennie lui avait brisé les vertèbres du cou. »

« Les voix se rapprochaient. George leva le revolver et écouta les voix.

Lennie supplia :

« Faisons-le tout de suite. Achetons-la tout de suite, notre petite ferme.

– Mais oui, tout de suite. J'vais le faire. On va le faire tous les deux. »

Et George leva le revolver, l'immobilisa et en approcha le canon tout contre la nuque de Lennie. Sa main tremblait violemment, mais, bientôt, son visage se figea et sa main se raffermit. Il pressa contre la gâchette. La détonation gravit les collines et en redescendit. Lennie eut un soubresaut, puis il s'affaissa doucement, la face dans le sable, et il resta étendu sans le moindre frisson. »

Trad. Maurice-Edgar Coindreau, coll. Folioplus classiques, n° 47

Albert Camus, *L'Étranger* (1942)

Il y a aussi des meurtres absurdes que la peur ou les préjugés (en l'occurrence le racisme) peuvent expliquer sans les justifier. Dans *L'Étranger*, Albert Camus décrit le meurtre d'un Arabe commis par le héros Meursault « à cause du soleil » et des racontars d'un « ami » raciste, rencontré peu de temps avant, qui lui a confié un revolver pour se défendre. Le meurtre est ici évoqué comme un rituel primitif : la victime est exécutée sans que Meursault comprenne vraiment ce qui se passe, comme halluciné par la lumière qui l'aveugle. Meursault est condamné à la peine capitale, mais somme toute moins pour ce crime que pour celui de ne pas s'être assujetti aux normes sociales en restant étranger au monde. Ainsi n'a-t-il pas pleuré à l'enterrement de sa mère, ce qui paraît plus grave aux yeux des juges, qui vont le condamner.

« J'ai pensé que je n'avais qu'un demi-tour à faire et ce serait fini. Mais toute une plage vibrante de soleil se pressait derrière moi. J'ai fait quelques pas vers la source. L'Arabe n'a pas bougé. Malgré tout, il était encore assez loin. Peut-être à cause des ombres sur son visage, il avait l'air de rire. J'ai attendu. La brûlure du soleil gagnait mes joues et j'ai senti des gouttes de sueur s'amasser dans mes sourcils. C'était le même soleil que le jour où j'avais enterré maman et, comme alors, le front surtout me faisait mal et toutes ses veines battaient ensemble sous la peau. À cause de cette brûlure que je ne pouvais plus supporter, j'ai fait un mouvement en avant. Je savais que c'était stupide, que je ne me débarrasserais pas du soleil en me déplaçant d'un pas. Mais j'ai fait un pas, un seul pas en avant. Et cette fois, sans se soulever, l'Arabe a tiré son couteau qu'il m'a présenté dans le soleil. La lumière a giclé sur l'acier et c'était comme une longue lame étincelante qui m'atteignait au front. Au même instant, la sueur amassée dans mes sourcils a coulé d'un coup sur les paupières et les a recouvertes d'un voile tiède et épais. Mes yeux étaient aveuglés derrière ce rideau de larmes et de sel. Je ne sentais plus que les cymbales du soleil sur mon front et, indistinctement, le glaive éclatant jailli du couteau toujours en face de moi. Cette épée brûlante rongeait mes cils et fouillait mes yeux douloureux. C'est alors que tout a vacillé. La mer a charrié un souffle épais et ardent. Il m'a semblé que le ciel s'ouvrait sur toute son étendue pour laisser pleuvoir du feu. Tout mon être s'est tendu et j'ai crispé ma main sur le revolver. La gâchette a cédé, j'ai touché le ventre poli de la crosse et c'est là, dans le bruit à la fois sec et assourdissant que tout a commencé. J'ai secoué la sueur et le soleil. J'ai compris que j'avais détruit l'équilibre du jour, le silence exceptionnel d'une plage où j'avais été heureux. Alors, j'ai tiré encore quatre fois sur un corps inerte où les balles s'enfonçaient sans qu'il y parût. Et c'était comme quatre coups brefs que je frappais sur la porte du malheur. »

Folioplus classiques, n° 40

à vous...

Au fil du texte

1 – Montrez comment, aux chapitres 9 et 10, Kino perd peu à peu son humanité pour se rapprocher du monde animal.

2 – Quelles relations unissent Kino à son frère ?

3 – Pourquoi Juana rend-elle la perle à Kino ?

4 – Comment comprenez-vous la phrase de Kino à la fin du chapitre 9 : « Cette perle est devenue mon âme à présent [...]. Si je l'abandonne, je perds mon âme. »

5 – Quel parcours effectue Kino dans sa fuite ? Combien de temps celle-ci dure-t-elle ?

Grammaire et lexique

6 – Écrivez le début de paragraphe du chapitre 9 : « Fébrilement... petits arbres » à la première personne du singulier comme si c'était Kino qui parlait.

7 – Dans le paragraphe suivant du chapitre 9 : « Ce pays desséché… accueillantes », relevez les adjectifs qualificatifs et donnez leur fonction.

8 – « Et soudain, Kino s'immobilisa, indécis. » Analysez cette phrase (fonction des groupes) et ajoutez un complément circonstanciel de lieu, un autre de manière et un troisième de cause.

Invention

9 – Imaginez ce que deviennent Kino et Juana après avoir rejeté la perle à la mer.

10 – Rédigez les deux argumentations que des voisins pourraient proposer à propos du geste final de Kino : l'une justifie l'abandon de la perle, l'autre la critique.

11 – Quelle morale donneriez-vous à l'ouvrage ? Que vous a-t-il appris sur l'existence ?

Bilans

La nature : la loi de l'analogie

Trois décors pour une tragédie

Entre le scénario de l'histoire du jeune Indien repris dans le récit *Dans la mer de Cortez* et l'aventure de Kino, non seulement Steinbeck a introduit des modifications sur le plan de l'intrigue, mais il a mis en valeur un « personnage » nouveau : la nature.

Comme la ville, dont elle est le pendant positif, la nature est un des personnages principaux du roman. Ayant grandi à la campagne, Steinbeck fait – dans la plupart de ses œuvres – des paysages, des montagnes ou de la mer de véritables décors vivants, à la fois séduisants par leur évocation poétique et intéressants par leur fonction symbolique. L'intrigue de *La Perle* se déroule ainsi dans trois milieux différents qui s'affrontent ou se complètent au fil du récit.

Le village de Kino – Situé au bord du golfe de Californie, c'est un univers qui se maintient dans un juste équilibre entre la nature sauvage et la civilisation. Kino et ses amis vivent au rythme du passage des jours et des nuits (le chant du coq, les étoiles qui guident, le soleil qui se lève et se couche) dans le temps immuable de la répétition (chaque jour Juana se lève avant Kino, pétrit les galettes, ranime le feu) marqué par l'imparfait de l'indicatif. La construction des huttes, la technique ancestrale de fabrication des pirogues, les outils simples pour aller chercher les huîtres au fond de l'eau sont autant de marques que l'humanité cherche à imprimer sur le monde. Cependant, la culture des Indiens demeure en harmonie avec son environnement naturel : les cases sont faites en branchages qui laissent passer la lumière, on s'éclaire avec le feu, les mets sont frugaux, les cochons ou les bêtes domestiquées sont libres de circuler dans le village. Le livre nous présente, semble-t-il, une nature bienveillante, protectrice, où s'unissent le chant du monde et le chant de la famille.

Mais l'idylle tourne rapidement court. Il semble que, dès le chapitre 1, l'auteur veut avertir son lecteur que les mirages sont partout. L'illusion d'une nature originellement bonne, généreuse et bienfaitrice est rompue par quelques signes avant-coureurs de la catastrophe : les yeux jaunes et froids de la chèvre qui s'approche de Kino peuvent inquiéter, l'air de la nuit est « meurtrier », deux coqs se battent piteusement, et le scorpion finit par faire son apparition. La nature n'est ni bonne ni mauvaise, nous suggère Steinbeck : elle est neutre, indifférente aux hommes, êtres vivants parmi d'autres et assujettis comme les autres à ses lois.

La ville – Le second décor est directement opposé au premier. La ville qui apparaît au chapitre 2 est la réplique inversée du village. Immense, « merveilleuse » et séductrice par sa modernité, elle est maléfique comme le scorpion. Si la description de la nature permet d'approfondir sa neutralité ambiguë, l'évocation de la ville est beaucoup moins nuancée. La nature n'est pas le Bien absolu, mais le Mal est citadin, « civilisé ». Les maisons sont en ciment, plus raffinées, agrémentées d'un jardin et d'une fontaine, décorées de nombreux objets d'inspiration européenne. Elles protègent du soleil et, à l'intérieur, la vie se déroule à un autre rythme, scandé par des horloges ou par la montre, que consulte par exemple le docteur pour savoir quand il doit retourner chez Kino. On s'éclaire à la lanterne pour affronter la nuit, on mange des repas plus riches. L'univers de la ville n'ignore pas la nature mais il l'exploite davantage, s'en protège et donc s'en éloigne. Et si les pisteurs connaissent les signes des fuyards, c'est sans doute parce qu'ils sont indiens. L'homme en noir se déplace, lui, à cheval et se contente de suivre ceux qui n'ont pas encore tout oublié.

La montagne – Dernier décor évoqué dans *La Perle*, le monde sauvage de la montagne qu'il faut traverser pour trouver d'autres villes. Ce monde est tout d'abord hostile, mais Kino va progressivement l'apprivoiser en retrouvant ses instincts oubliés. Le vent est furieux, s'acharne sur les hommes et les contraint à s'emmitoufler dans leurs vêtements si bien qu'ils semblent des bêtes. Le froid et la nuit inquiètent, mais là encore cela oblige Kino à recouvrer le savoir ancestral qui permet de se guider grâce aux étoiles. Dans ce milieu à la fois maléfique et rassurant parce qu'isolé de la ville, Kino se sent tout à la fois démuni et supérieur par le couteau qu'il possède et que les animaux n'ont pas. On reconnaît ici l'équilibre initial du récit que la découverte de la perle avait brisé : un équilibre entre la primitivité naturelle et la culture humaine.

« La précision aiguë et la nébulosité du rêve »

Ces trois décors sont évoqués par Steinbeck selon deux angles d'approche qui se combinent et qu'évoque la phrase citée décrivant le golfe au chapitre 3 : la précision photographique et le flou pictural.

Un œil acéré – Cette précision photographique, on peut en constater la présence dans chacun des paysages décrits : elle se traduit par une connaissance accrue des milieux marins et des espèces peuplant le golfe, que l'expédition dans la mer de Cortez et des cours de biologie marine ont renforcée peu à peu. Le vocabulaire est en effet précis quand il s'agit de citer les différentes espèces qui vivent sur les lieux (palétuviers, racoons, botete, grenouilles d'arbres, palmiers nains, fougères…), mais il est rarement technique. De même, la description des comportements animaliers manifeste l'intérêt de l'écrivain qui n'a jamais cessé de les étudier, ne serait-ce que pour les comparer avec les attitudes humaines : les animaux viennent boire, les oiseaux sont silencieux le jour, écrasés par la chaleur, les chats sauvages lapent l'eau entre leurs dents ensanglantées. La précision photographique vient moins de la technicité des termes utilisés que de la qualité visuelle des scènes évoquées comme autant de choses vues avec un sens aigu du détail. Ces détails sont de surcroît très vivants parce que l'écrivain emploie nombre d'adjectifs et de participes passés qui viennent qualifier les éléments généraux : les fougères sont chevelues, les lichens ont une forme de plumets, les fourmis sont fébriles, le sol de la grève est sillonné, creusé et défoncé… De même, les verbes, variés, personnifient les éléments du décor et créent des images originales : les hautes herbes se dressent, les crabes écument et crachotent…

Une profusion poétique – Ces détails sont conjugués avec des paysages impressionnistes (le flou pictural) et poétiques. L'écriture de Steinbeck multiplie les images et les métaphores* : les algues font un collier sur le rivage, l'aube pointe à l'horizon, les yeux de Juana sont des étoiles, le vent balaie les nuages, les algues tapissent le lit du ruisseau, l'air assoiffé absorbe l'eau, les huîtres sont ornées de jabots, la perle est un accident. Ces images forment ce que l'auteur nomme, à propos du mirage du golfe, « une nébulosité du rêve ». Même si nous connaissons peu les paysages du Mexique, les courtes descriptions du désert, des profondeurs marines ou de l'eau qui court vers la mare tragique sont de véritables tableaux vivement colorés qu'il serait aisé de mettre en scène au cinéma. Tout dit la vie, tout révèle la profusion qui fait de la nature un lieu où des forces tour à tour s'allient et se combattent.

La puissance de l'analogie : des hommes et des bêtes

Dans son récit intitulé *Dans la mer de Cortez*, Steinbeck constate :

« Quand on observe ces petites bêtes, il est difficile de ne pas établir des parallélismes humains. Pour le biologiste doué d'un esprit spéculatif, le plus grand des dangers réside dans l'analogie*. C'est le piège à éviter – l'industrie de l'abeille, l'économie de la fourmi, l'infamie du serpent – toutes ces expressions forgées par l'homme nous ont donné des idées fausses sur les animaux. Toutefois, des parallèles sont amusants si on ne les prend pas trop au sérieux en ce qui concerne l'animal en question. »

La démarche de l'écrivain est inverse de celle du biologiste : dans *La Perle*, les analogies se font à contre-courant car ce sont les animaux qui aident à mieux comprendre les hommes.

Le soubassement scientifique de l'analogie – Steinbeck est convaincu par les théories du naturaliste anglais Charles Darwin (1809-1882). Celui-ci a travaillé sur la manière dont on peut classer les espèces et en a déduit l'idée d'une évolution. S'appuyant sur les théories du biologiste Jean-Baptiste Lamarck (1744-1829), il établit deux lois fondamentales pour expliquer l'évolution des espèces : les êtres vivants ont connu au cours de leur histoire des évolutions pour s'adapter à leur milieu naturel. Ces évolutions sont liées à des mutations aléatoires qui font que, si l'être mutant parvient à survivre, il va devenir la norme. Seconde loi capitale : il règne dans la nature une règle impitoyable qui est celle de la sélection naturelle des espèces. Seuls les plus forts ou les plus rusés survivent, tandis que les plus faibles, incapables de perpétuer l'espèce, sont éliminés.

Ces théories inspirent quelques-unes des idées développées dans le roman de Steinbeck. Selon l'écrivain, il existerait en effet une parenté entre le monde animal et le monde humain. L'homme n'est plus créé par Dieu, il est le résultat de mutations successives au même titre que les espèces animales. Peut-être fut-il même, il y a longtemps, un animal qui s'est humanisé. La thèse est à l'époque révolutionnaire et elle est encore contestée aujourd'hui dans certains milieux religieux d'Amérique. On comprend alors que les comparaisons abondent dans le récit entre animaux et êtres humains : Coyotito est le bébé qui pleure comme un coyote, Juana a un regard de lionne mais voit en son mari un agneau que l'on va sacrifier, Kino blessé s'agite comme un insecte écrasé ou siffle comme un serpent. D'autre part, le combat pour la survie est le même chez les hommes que chez les animaux : les gros mangent les petits qui parfois rusent et leur échappent. Chaque espèce développe ses armes, poison pour le scorpion et pour le botete, poignard et harpon pour les Indiens, fusil pour les Blancs. Chaque espèce possède ses forces et ses faiblesses : Kino et Juana sont robustes là où le docteur est empâté et l'homme en noir incapable de se défendre au bord de la mare. La lutte devient ainsi plus égale.

Les limites de l'analogie – Mais si cette démarche de l'analogie* est à l'origine des sciences humaines, elle se heurte cependant à des barrages, qui sont ceux-là mêmes de l'humanité. Ces limites, *La Perle* les éclaire avec justesse. En effet, la corruption des hommes modernes brise la relation intime entre le microcosme humain et le macrocosme naturel. Les hommes sortent de l'animalité par la culture et rompent le lien avec la nature en exploitant celle-ci ou, pire, en faisant des hommes pauvres des bêtes. Or aucune espèce animale ne sait le faire, aucune ne tue pour le plaisir, aucune n'a érigé l'argent en dieu moderne, aucune ne communique pour tromper. Les hommes se distinguent donc des animaux par leur méchanceté et leur capacité à inventer des armes perfectionnées. S'il est inconcevable pour Kino de tuer un bateau ou de le voler, s'il ne peut imaginer avoir été trompé depuis des siècles, d'autres l'ont devancé : les « civilisés ».

À chacun de tirer sa propre morale

Le prologue nous incitait à tirer nous-mêmes une morale de l'histoire qui allait nous être racontée. Que peut-on dire, à présent que la dernière page est tournée ? *La Perle* fait-elle partie de ces livres dont on peut tirer un enseignement, une leçon utile ou universelle ? Ou bien est-elle un roman complexe dont le sens définitif paraît aussi difficile à fixer que la perle à conserver ? Il appartient au lecteur d'effectuer le travail de compréhension, c'est à lui de rechercher par et pour lui-même la signification du roman. Voici donc quelques pistes d'exploration possible du sens du récit.

Steinbeck moraliste ?

Bien que *La Perle* ne donne aucune leçon explicite et qu'elle pratique à plusieurs reprises l'ellipse ou l'occultation des éléments clés d'explication, Steinbeck prend le soin de baliser notre lecture de repères fixes qui vont servir de phares pour interpréter l'histoire. On l'a vu, l'écrivain intervient peu dans la narration, mais il jalonne le récit d'aphorismes* divers qui, séparés de l'intrigue, peuvent en résumer le message :

> Une ville ressemble à un animal.
> Car on dit qu'un homme n'est jamais satisfait [...].
> Mais en décrivant l'avenir, il lui avait donné corps. Un plan est une chose réelle et une chose projetée est une chose expérimentée.
> Après la faim, la maladie est le plus grand ennemi du pauvre.
> On peut lire beaucoup de choses dans la manière dont un homme baisse son chapeau.

Analogie* universelle, définition de l'homme, évocation de ses peurs et désirs : ces phrases courtes sont souvent prises en charge par le pronom indéfini « on » et se font l'écho de la sagesse populaire mais aussi des conceptions de Steinbeck. Elles disparaissent cependant dans la dernière partie du roman comme si l'histoire s'inventait et qu'il n'existait plus de point de référence, de sagesse, pour comprendre ce qui se passe et qui est nouveau.

Moraliste, Steinbeck l'est donc moins parce qu'il met en place un univers clairement délimité et partagé entre le Bien et le Mal que parce qu'il soulève le voile de la complexité du monde. Il y a certes des « méchants », comme dit Juana, dont on ne voit que rarement le visage, mais il est déjà plus difficile de trouver des « gentils ». Qui incarne le Bien dans le roman ? Pas la perle, en tout cas ! Sa blancheur initiale se brouille en grisaille affreuse et elle apporte plus de malheur que de bonheur à Kino. Les voisins et les amis du jeune Indien ne sont pas non plus très fiables : Juan Tômas fait remarquer lucidement qu'ils aideront Kino tant que cela ne leur coûtera rien ; Apolonia se préoccupe surtout des apparences et des convenances, et la bénédiction de Juan Tômas révèle un malaise entre les deux frères. Enfin, Kino est parfois si aveuglé de colère qu'il en devient mauvais ; il bat sa femme et devient une machine assassine à la fin du roman. Où trouver le Bien en cet univers où le Mal se manifeste sous tant de formes différentes ? Il se cache chez les innocents qui ne sont pas encore des hommes (le bébé) ou ne le seront jamais (les animaux, le bateau).

Si l'univers de *La Perle* est structuré selon une dichotomie ferme qui oppose pauvres et riches, Indiens et Blancs, campagne et ville, le récit nous engage toutefois à nous confronter à la grisaille, qui est le propre de l'humain. La perle est une illusion : Steinbeck nous prévient que croire que les choses sont toujours comme elles le paraissent est un mirage.

Le refus des morales traditionnelles

S'il est par conséquent des « morales » à déchiffrer dans *La Perle*, ce sont moins celles qui font se combattre les bons et les méchants, que celles, plus complexes, qui s'attaquent aux mensonges et aux leurres de l'existence. On comprend ainsi la méfiance que Kino, et à travers lui Steinbeck, nourrit à l'égard de l'Église, grande créatrice de « morales » dogmatiques*. Cette défiance concerne les institutions mais aussi tous les discours convenus, dominants ou allégoriques (le « château de l'Univers »). La véritable croyance se situe encore une fois à la croisée des Églises reconnues : Juana mêle, pour parler à ses dieux, *Ave Maria*, incantations cabalistiques et chansons anciennes. Il s'agit non pas de contester la validité d'un sens divin de la vie, mais de suggérer qu'il ne réside pas dans une doctrine préétablie qui, de surcroît, s'est faite la complice des pires mensonges et hypocrisies. Pour Steinbeck, il n'existe donc pas une seule et unique morale figée.

Le « dit » de la perle

Une fois que le chant de la perle s'est éteint à jamais, que reste-t-il de l'aventure, de la stupeur, en face de tant de violence et d'acharnement ? On s'interroge : et moi qu'aurais-je fait de la perle ? Et, si celle-ci est une illusion, que vais-je faire de mes rêves ?

Une lecture historique et sociale – Le récit se situe à la fin du XIXe siècle au Mexique. La vie de Kino n'a a priori rien de commun avec la nôtre. L'ouvrage peut ainsi se lire comme une critique du système social et politique du Mexique d'alors et, par extension, comme une dénonciation du système américain, qui avilit et acculture les pauvres au point de les réduire au plus noir des désespoirs.

Coyotito meurt de la révolte de son père qui rêve d'un autre avenir pour lui, mais il aurait pu mourir de faim ou de maladie, tant sa famille et tous ceux de son village sont démunis. Plus tard, si le bébé avait survécu, il serait devenu un pêcheur de perles, pauvre comme son père et tous ses aïeux. L'histoire de la perle est donc avant tout l'histoire d'une révolte singulière contre une condition sociale aliénante, contre la domination armée, contre la domination symbolique du savoir et de la religion. L'homme en noir symbolise le capitalisme* en ce qu'il exerce un monopole sur les marchands. Le docteur incarne une élite qui, par son mode de vie et ses mensonges, perpétue l'écrasement hiérarchique du peuple. Mais la dénonciation est moins simpliste qu'il n'y paraît : Steinbeck porte sur son petit monde de personnages un regard aigu de sociologue. Les Américains et les Européens servent de modèles aux Indiens qui perdent leur propre culture à vouloir les imiter. L'erreur de

Kino réside peut-être dans son audace à vouloir sortir de son rôle mais surtout dans sa trahison de lui-même. Il se voit en costume de yachtman, il rêve Coyotito en marin américain. Le roman est très moderne en ce qu'il décrit le processus d'acculturation des Indiens d'Amérique latine, aliénés d'abord par l'Europe et fascinés ensuite par le modèle américain, qui les rejette tout en les exploitant.

Une lecture anthropologique – L'épreuve de Kino est à la fois une initiation sans retour – elle implique un sacrifice irrémédiable – et un apprentissage du sacré. Dans certaines tribus d'Afrique, le passage du monde de l'enfance au monde adulte se fait par des rituels qui isolent les individus de la société dans un bois sacré, leur font expérimenter la peur et subir des épreuves physiques terribles. Chacun à sa manière, Kino et Juana effectuent ce périple vers soi-même si bien qu'à leur retour ils ont, au moins pour un temps, quitté le monde réel pour regarder en eux-mêmes, encore pétrifiés par le dépassement qu'ils ont vécu. On assiste ici à un rituel primitif : celui du retour à la nature, à la fois refuge protecteur mais aussi lieu de danger et d'angoisse, qui transforme un jeune homme en un assassin libéré et une jeune femme en mère de douleur. Ce rituel fait de Kino et de Juana un couple soudé par le malheur. Atroce mariage en vérité pour ces deux héros qui rêvaient d'autres sacrements.

Cette épreuve exige d'eux qu'ils sortent de leur humanité : l'un réapprend les gestes des ancêtres, rendant sans le savoir un culte à son totem et devenant pour finir un sacrificateur possédé; l'autre se défait de sa fragilité en surmontant le meurtre de son enfant. Au retour le couple est « sacré » au sens où il a été touché par une révélation qui le sépare à jamais de la communauté. Il a été le bouc émissaire chargé des maux du village et, lorsqu'il revient après avoir affronté la mort, il est auréolé de magie, désormais intouchable.

Une lecture philosophique – L'histoire de Kino est tragique et, même s'il peut tirer quelque enseignement de son « initiation », on ne peut nier l'évidence : l'aventure de la perle le contraint à un terrible deuil. Celui de son fils, bien sûr, mais aussi celui de ses rêves qui, finalement, se sont révélés être des illusions abominables. L'histoire de la perle s'inscrit ici à la croisée de deux héritages littéraire et philosophique qui se complètent : la philosophie de la tragédie* grecque d'une part, et la conception asiatique de la condition humaine d'autre part.

Malgré le contexte latino-américain, la référence à la tragédie grecque est claire : Steinbeck mentionne les dieux, fait de Kino un jouet de ceux-ci, et enfin toute son œuvre renvoie au dieu Pan* quand elle évoque la puissance inquiétante de la nature. Le chœur tragique est, de plus, incarné par les voisins et autres badauds; le Mal, lui, n'a guère de visage tant il a de représentants : il est partout.

La référence à la mythologie hindoue est, quant à elle, plus diffuse mais plus profonde : nombreux sont en effet les mythes narrant des histoires d'hommes à qui, pour leur plus grand malheur, est révélé le sens misérable de la vie humaine et des rêves qui l'agitent. Ainsi de ce jeune homme, Narâda, en train de méditer. Vichnou apparaît et lui propose d'exaucer un vœu. Narâda lui demande de connaître le secret de la Maya (c'est-à-dire l'illusion de l'existence dans la religion hindoue). Vichnou accepte à condition que Narâda aille lui chercher de l'eau. En chemin, Narâda croise une jeune fille, oublie l'eau et se marie. Il a des enfants et, douze ans après, il perd sa famille et ses terres dans une grande inondation. Il pleure ceux qu'il aime et entend alors la voix de Vichnou : « Mon enfant, mon eau. Cela fait une demi-heure que j'attends. » Le voile de la Maya s'est soulevé : un instant l'homme contemple l'abîme et éprouve le vertige de l'absurdité. Il ne peut ensuite qu'être métamorphosé. Il reste à déterminer quelle morale d'existence tirer de cette révélation, qui fait de tout individu le tombeau de l'enfant qu'il fut.

Une lecture politique – Puisqu'on ne peut rien changer au monde et que les rebelles sont écrasés au nom de l'ordre immuable de la société, doit-on rester sagement à sa place? C'est ce que Juana a fini par penser, mais le pense-t-elle toujours à son retour de la montagne? Sans doute, puisqu'elle demande à Kino de sacrifier lui-même la perle comme pour l'obliger à renoncer définitivement à ses espoirs.

Pourtant on peut aussi lire autrement l'excipit*. On peut d'abord se référer au récit qui est relaté par Steinbeck en 1941. *Dans la mer de Cortez* propose une autre version de l'histoire du jeune Indien :

« Alors il la maudit et la jeta aussi loin qu'il le put dans le chenal. Il était redevenu un homme libre, son âme était de nouveau en danger, il n'était plus sûr de pouvoir se nourrir et se loger correctement et cela le fit rire aux éclats. »

Cette fin nous donne des indications sur la manière dont Steinbeck comprend l'histoire. Se libérer de la perle, c'est se libérer à la fois de la fortune et de ce qu'elle impliquait : la sécurité, le pouvoir et l'absence de désir. Se séparer de la perle, c'est comme renoncer à l'immortalité dans un pacte avec le diable, c'est retourner dans le risque qui fait la liberté et autorise la création de choses nouvelles. En rejetant la perle, Kino réalise en somme l'aboutissement de sa révolte ; les rêves que suscitait la perle remettaient certes en cause la hiérarchie entre les Indiens et les Blancs, mais pour imiter ces derniers. Son rejet marque le refus même de l'imitation et la conquête d'une liberté totale. Kino a gagné dans la montagne un autre savoir et en cela il devient pleinement humain. Kino préserve ainsi, en revenant à sa condition première, l'élan vital qui motivait ses rêves et son désir de liberté qui s'était fourvoyé dans une incarnation corruptrice.

L'ouvrage *Dans la mer de Cortez* propose également une seconde piste de lecture de l'avenir possible de Kino : renoncer à la perle n'est pas renoncer à l'esprit de révolte qu'elle a engendré. La fuite dans la montagne, en activant la colère meurtrière de Kino, le condamne à la révolte. Dans sa pièce de théâtre intitulée *Les Justes*, Albert Camus explique comment la torture ou le fait de voir l'être aimé mourir pour une cause détermine les révoltes plus fermes. Il y a sans doute dans le regard de Juana et de Kino cette violence première qui bouleverse à jamais les existences. On retrouve le darwinisme qui intéresse tant Steinbeck. Les espèces les plus écrasées, si elles ne meurent pas dans la lutte pour la vie, en ressortent grandies, là où les espèces les plus fortes se reposent et s'amollissent. Elles sont donc appelées à devenir des espèces dominantes qui, à leur tour, seront surpassées (*Dans la mer de Cortez*) :

« L'homme est prédominant, dans sa sécurité il devient mou, il est craintif. Il passe une grande partie de son temps à se protéger. [...] Les maigres, les affamés prennent des forces et les plus forts d'entre eux sont sélectionnés. N'ayant rien à perdre et tout à gagner, ces affamés rapaces sélectionnés développent des techniques d'attaque plutôt que de défense dans lesquelles ils deviennent experts, de telle sorte que l'homme dominant se trouve un jour éliminé et remplacé par le vagabond fort et affamé. »

Les plus féroces sont ceux qui ont tout perdu ou qui n'ont plus d'illusions. Mais attention… La perle nous dit aussi que l'histoire recommence : les maîtres et les esclaves tournent sur la surface réfléchissante puis s'échangent leurs rôles – inépuisable comédie, inépuisables histoires.

Annexes

De vous à nous

Arrêt sur lecture 1 (p. 52)

Au fil du texte

3 – Les champs lexicaux du chant et de la musique sont très riches dans le roman et les trois premiers chapitres permettent à Steinbeck de mettre en place l'opposition entre le Bien et le Mal au travers de la musique de la famille (et de la perle à partir du chapitre 3) et de la musique du Mal, qui va peu à peu dominer.

Vous trouverez notamment des occurrences à presque toutes les pages du premier chapitre. On peut noter que ce sont surtout des bruits quotidiens (le feu qui crépite, les oiseaux qui chantent, la corde du berceau qui grince) qui participent au chant de la famille. À la fin du chapitre, le chant de la famille se fait hurlement avec le bébé puis gémissements plaintifs.

Au milieu du chapitre, quand le scorpion arrive, s'élève le chant du Mal, beaucoup plus décrit par l'écrivain, la musique de l'ennemi, de tout adversaire de la famille ; mélodie sauvage, secrète et dangereuse.

Au chapitre 2, le chant de la famille disparaît puisque Coyotito est malade et que c'est le Mal qui prend le dessus.

Au chapitre 3, le rééquilibrage se fait : Kino va pêcher et entame la chanson de la quête de la perle, accompagnement secret, constant, murmure harmonieux, mystérieux, obstiné. Apparaît alors la chanson de la perle, qui est d'abord secrète puis, lorsque celle-ci est trouvée, devient claire, majestueuse, riche, chaleureuse, brillante, tumultueuse, triomphante. Combinée avec la prière douce de Juana, quand elle est cherchée sous l'eau, la chanson de la perle découverte s'unit au cri de victoire de Kino.

4 – Steinbeck est plus critique à l'égard de l'institution religieuse qu'à l'égard du sentiment religieux lui-même. On voit que dans le texte les Indiens (Juana en particulier) mêlent la foi catholique et la religion de leurs ancêtres aztèques. On obtient alors ce qu'on appelle un syncrétisme religieux, c'est-à-dire une confusion entre les prières, les incantations, le rite catholique et la magie païenne. Steinbeck pense que la croyance est capitale pour les êtres humains; en revanche il est circonspect en ce qui concerne l'Église catholique, qui prône la pauvreté et défend en réalité les riches et les exploiteurs. Dans les trois premiers chapitres, on voit se dessiner cette critique, qui va se renforcer tout au long du texte. Quand Kino arrive à la ville pour faire soigner le bébé, Steinbeck décrit longuement les mendiants à l'ombre de l'église. Ils sont nombreux et surtout ils vivent mal de la charité chrétienne. Chez le docteur, les tableaux au mur ont des sujets religieux, on apprend qu'il a fait dire de nombreuses messes qui, suggère ironiquement l'auteur, ont bien dû acheter le salut de son épouse défunte. La religion n'est pour le docteur qu'un moyen d'être en bons termes avec le Ciel. De là à appliquer les préceptes de générosité christiques en soignant les pauvres gratuitement il y a un large pas qu'il ne saura franchir. En écho, au chapitre 3, l'écrivain rappellera que le roi très catholique d'Espagne a exploité les richesses de l'Amérique et, ici, les perles, pour sa gloire et son salut. La démonstration est claire : le message chrétien est louable dans son humanisme profond mais il n'est guère mis en œuvre par les puissants ni peut-être par l'Église elle-même (au chapitre 4 le prêtre viendra demander son obole à Kino). Steinbeck dénonce ici l'hypocrisie des riches et l'inertie des gens d'Église qui non seulement ne remettent pas en cause le système mais viennent l'entériner par le biais de la charité.

5 – Kino est proche de la nature et la connaît mieux que quiconque. Le texte établit de nombreuses comparaisons entre les hommes et les animaux, du prénom du bébé à la manière dont le docteur considère les Indiens comme de « vulgaires animaux ». Comme les animaux, Kino est silencieux ou du moins parle peu; comme eux, il use en priorité de ses sens (ouïe, vision) pour appréhender ce qui l'entoure. Mais c'est dans la lutte, le combat ou l'action que la parenté avec le monde animal est la plus saisissante : quand le scorpion arrive, Kino respire avec difficulté, se met en mouvement, glisse le long de la pièce, se tient immobile. Il bondit, et puis l'écrase. Ses lèvres se retroussent de colère. De même, quand Kino se rend chez le docteur, ses réactions ont la violence d'un animal impuissant et pris au piège. Enfin, quand Kino trouve la perle, il se bascule en arrière et rugit comme un lion. Les similitudes sont nombreuses et se multiplient à mesure que la situation va obliger Kino à fuir dans la nature et à se comporter comme un animal pisté puis comme un prédateur. De ce point de vue, le combat avec le scorpion est un résumé de l'histoire de Kino et de son combat vain contre le mal : il tue, mais trop tard, l'enfant est déjà touché. Steinbeck transcrit ses convictions profondes sur les hommes : la nature est accueillante même si elle est dangereuse, les hommes doivent vivre en harmonie avec elle, n'étant qu'une espèce parmi d'autres, assujettie comme les animaux à la loi de sélection darwinienne ; ils ont tout à perdre à rompre l'équilibre et à oublier leur monde d'origine.

6 – Comme chez Honoré de Balzac ou Émile Zola, la description de l'intérieur de la maison donne beaucoup d'indices sociologiques sur la classe sociale et la vie personnelle d'un personnage. Tout paraît ici minutieusement choisi pour que le lecteur déchiffre une histoire entière grâce à certains éléments symboliques. En voici quelques-uns :

– le lit monumental : le docteur a été marié, il est gros et a besoin de place, il a une volonté de puissance que la grandeur du lit manifeste ;

– la robe de chambre, étroite à la taille, en soie rouge de Paris : vêtement d'intérieur venant de la ville du luxe par excellence. On apprend que son séjour à Paris est son plus beau souvenir. La soie est un tissu doux et raffiné (côté féminin du personnage). Le rouge est la couleur du désir, de la passion, de l'ambition. L'étroitesse confirme l'empâtement ;

– le plateau d'argent, le pichet en argent, la tasse de porcelaine diaphane, soulevée précieusement entre le pouce et l'index : objets qui signalent un niveau de vie aisé (grande bourgeoisie), un goût féminin dans le choix de la porcelaine. La manière dont la tasse est tenue révèle le ridicule du personnage qui perpétue, seul, un rêve de raffinement et de préciosité. Ridicule également du contraste entre l'embonpoint du personnage et la finesse de la tasse (caricature) ;

– le petit gong oriental, les cigarettes, les tableaux religieux, l'agrandissement en couleurs de son épouse : les détails montrent que le personnage (ou sa femme ?) a cherché à être à la mode mais a multiplié les objets de mauvais goût et artificiels ; ils correspondent à des goûts européens déplacés au Mexique. Tout suggère que le docteur rêve d'être dans un monde qui n'est pas le sien.

L'explication de ce décalage vient immédiatement après : il a fait un voyage merveilleux en Europe, qu'il fantasme et qui reste comme un regret de la vraie vie civilisée. Mais chez lui tous ces objets qui rappellent l'ailleurs ou le passé sont vains, « lourds » et comme figés. Deux mots résument l'homme et son milieu : l'amertume et la médiocrité.

Grammaire et lexique

7 – L'adjectif aiguë porte un tréma pour une raison orthographique : le tréma permet de signaler qu'il faut prononcer le son [u] de la dernière syllabe. S'il n'était pas présent on prononcerait «aigue » comme dans le mot « mangue ». D'autres mots, au féminin, possèdent la même caractéristique : « ambiguë », « contiguë », « exiguë ».

10 – Début de correction : « Le docteur demanda au domestique ce qu'il voulait. Celui-ci répondit qu'un petit Indien était à la porte avec son bébé et qu'il lui avait dit qu'un scorpion avait piqué ce dernier. En colère, le docteur s'écria qu'il avait bien mieux à faire que de soigner les piqûres d'insectes de soit-disant petits Indiens. Il demanda, excédé, s'il était un docteur ou un vétérinaire. Le domestique acquiesça. [...] »

Les transformations effectuées sont de différentes natures : lexicales pour éviter les répétitions ; grammaticales avec des changements de pronoms personnels (passage de la première personne à la troisième), avec des ajouts de verbes introducteurs qui expriment les sentiments ou le ton du locuteur, avec des changements de temps (passage du présent aux temps du passé), avec des modifications dans la ponctuation (élimination des ? ou des !) et dans la structure des phrases (ajout de subordonnées conjonctives). Enfin il peut y avoir des changements dans les adverbes de temps (« demain » devient « le lendemain », « hier » devient « la veille »).

Arrêt sur lecture 2 (p. 98)

Recherche

1 – L'histoire du Trésor du Fou correspond probablement à une légende selon laquelle un fou croit posséder un trésor merveilleux alors que celui-ci n'est qu'une illusion (une perle fausse, un objet commun qu'il croit précieux). Le roman de Hemingway est assez proche de cette trame d'intrigue dans la mesure où un vieux pêcheur fort pauvre parvient lors d'une sortie en mer à attraper un énorme poisson (un espadon), qu'il attache avec difficulté au bord de son bateau. Sur le chemin du retour, il doit affronter les prédateurs qui veulent manger le poisson ainsi que la tempête et, une fois arrivé au port, il ne reste plus que la carcasse de l'animal, désormais invendable. Dans son ouvrage *Dans la mer de Cortez*, Steinbeck fait quant à lui allusion au Vieil Homme de la Mer qui serait le nom donné à un serpent de mer énorme dont rêvent tous les pêcheurs. La nouvelle de la romancière russe Nina Berberova intitulée *Le Mal noir* repose sur le même effet de surprise : un homme venu chez un bijoutier vendre un diamant dont il a hérité découvre que la pierre est atteinte du « mal noir » et qu'elle n'a aucune valeur. Dans la suite de la nouvelle, c'est toute sa vie qui semble atteinte de la malédiction.

Au fil du texte

2 – Le système nerveux pourrait correspondre aux voies de communication : routes, avenues, ruelles, qui forment une ramification dans le corps de la ville. La tête pourrait correspondre aux quartiers où se trouvent les lieux du pouvoir (église, mairie, écoles), les lieux où s'effectuent les prises de décision pour la communauté. Enfin, les épaules correspondraient aux quartiers où se trouvent les populations aisées car hiérarchiquement proches du pouvoir, alors que les pieds font référence à la périphérie ou à ce qu'on nommerait aujourd'hui la banlieue, où vit la population laborieuse, défavorisée. Mais attention : si les pieds marchent et portent la ville, ils la conduisent aussi et sont indispensables !

3 – Le champ lexical de la peur dans les trois chapitres devient de plus en plus important à mesure que Kino sent que son destin risque de lui échapper.

Au chapitre 4, Kino croit que sa joie va être partagée ; il ignore ce qui se trame contre lui et par conséquent il ne connaît pas la peur. La première mention du terme intervient à l'issue de la scène du rêve éveillé : Kino pense avoir souhaité trop de choses, a peur d'avoir outrepassé son droit. Plus loin dans le texte il est précisé qu'il a peur de ses projets. Ce sont ensuite les visites du prêtre et du docteur qui font entendre le chant du Mal. La peur s'assimile alors à l'inquiétude : Kino comprend que tout le monde veut la perle et craint qu'on ne la vole. Enfin, la peur est celle des années de servage qui ont appris à Kino à respecter le savoir du plus fort et à le craindre.

Au chapitre 5, le sentiment se confirme. Kino craint de n'être pas à la hauteur du regard qu'on porte sur lui et des projets qu'il a formulés. Il a bien évidemment peur pour la santé de son fils. L'enfant guéri, il craint à nouveau de perdre la perle car il se sent cerné par le chant du Mal. Il affirme craindre tout le monde, ses cauchemars soulignent son angoisse montante et une « peur panique » s'élève en lui lorsque l'inconnu entre dans la hutte. C'est alors au tour de Juana d'avoir peur : l'angoisse lui tord la bouche, la frayeur la possède. La fin du chapitre marque un temps de calme et d'espoir car ils pensent encore pouvoir vendre la perle.

Le chapitre 6 vient modifier la dialectique peur/espoir. Si le début de la journée commence dans la joie et l'attente du bonheur, Kino déchante peu à peu dans le duel qui l'oppose au marchand mais c'est la colère qui va dominer alors que la peur, elle, menace le marchand : trouble et perplexité font rapidement place à la menace, à un visage assombri puis à la colère chez Kino tandis que le marchand craint sa violence (« un frisson de peur le traversa ») puis la sanction de son patron s'il échoue dans la vente.

4 – Elles sont significatives de l'état d'esprit de Kino et de son rapport avec son milieu et la nature. Alors qu'au début du roman Kino flatte le petit chien venu lui dire bonjour, tout attentif qu'il est à son environnement (symbiose), ses préoccupations sont telles par la suite qu'il ignore complètement les sollicitations du chien, soit qu'il fixe l'horizon soit qu'il s'enfonce dans ses sombres pensées. Les scènes avec le chien fonctionnent comme des indices sur la psychologie de Kino, possédé par l'esprit de la perle au point de rompre avec la nature et tout ce qui représente la vie « normale » (le foyer, les rituels familiaux et quotidiens).

5 – Le portrait du marchand est traité comme celui du docteur, mais avec moins de finesse peut-être, de façon que le lecteur anticipe son comportement futur : il est « massif », comme si richesse et embonpoint allaient de pair. La massivité suppose également la force d'esprit et la solidité du personnage. Son attitude est celle d'un bon hypocrite qui sait s'allier son public en serrant des mains ou en étant cordial et enjoué. Il est sympathique au sens où il sait s'adapter aux circonstances, pleurer ou rire quand il faut. Mais sa capacité à passer du rire aux larmes dénote aussi son manque de sincérité. Comme Kino, mais d'une autre façon, il se prépare au duel : il soigne la présentation de sa boutique (fleur rouge dans un décor noir), sa mise (il est rasé de prêt) et surtout ses mains, qui vont être les « personnages » principaux de la scène (nettes et aux ongles polis). Enfin, il s'entraîne pour calmer sa nervosité en manipulant une pièce entre ses doigts, ce qui fait de lui une sorte d'inquiétant magicien ou peut-être de marionnettiste qui attend son pantin, perle ou être humain.

Grammaire et lexique

7 – Quand cent est multiplié et qu'il n'est pas suivi d'un autre nombre, il prend un « s ». La règle est la même pour vingt. Cinq cent quarante-six. Trois mille quatre-vingts. Mille huit cent quatre-vingt-dix. Mille trois cent vingt-quatre. Cent trente-deux mille deux cents.

8 – « Admiration » est formé du préfixe *ad-* (« vers » en latin), du radical *–mira-* (« regarder » en latin) et du suffixe -tion. Les mots « admirable » et « admirateur » sont de la même famille. Un synonyme : fascination. Un antonyme : mépris.

9 – Le conditionnel présent est en priorité utilisé car les villageois imaginent ce qu'ils feraient s'ils avaient la perle. Il s'agit donc d'hypothèses formulées en fonction d'une condition (« Si je possédais la perle… »).

10 – « Et bien que cet achat… leur salaire habituel » : subordonnée conjonctive complément circonstanciel d'opposition du verbe de la principale « avoir saisi ».

« l'agitation… tous les acheteurs de perles » : proposition principale.
« car toute chasse apporte une émotion » : proposition indépendante coordonnée à la principale.
« et si la tâche… baisser un prix » : proposition subordonnée conjonctive complément circonstanciel de condition du verbe « devoir ».
« alors il doit trouver ... maximum » : seconde proposition principale.

Arrêt sur lecture 3 (p. 159)

Au fil du texte

1 – Dès le début du chapitre 9, Kino se dissimule derrière son vêtement et on ne voit plus que ses yeux ; il perd ainsi l'humanité propre au visage. Juana le suit « en trottant » comme un cheval ou un petit chien. Steinbeck montre ensuite comment Kino retrouve en lui une part d'animalité oubliée : le flair se réveille en lui, il est sensible aux signes que lui envoie la nature. Lors de leur pause, Kino s'endort et fait des cauchemars ; il se réveille brusquement car il pressent le danger comme s'il était doué d'un sixième sens. Il se relève « les yeux agrandis, les narines palpitantes », et « une flamme animale » allume son regard. Pour s'approcher des ennemis, il se met à quatre pattes et « rampe » dans les buissons. Quand il aperçoit les pisteurs, il réagit comme une bête, le corps figé, la tête enfoncée, blotti derrière une branche. De même, quand le cheval passe près de sa cachette, il ne respire plus, ses muscles se contractent pour fuir ou pour attaquer. Enfin, à la fin du chapitre, la fuite le montre en train de trotter, dans une course éperdue.

Au chapitre 10, la métamorphose de Kino en animal se confirme. Il quitte ses vêtements blancs et son corps devient « une tache noire, silencieuse et tassée dans la grotte ». Il est ensuite comparé à un lézard lorsqu'il se glisse vers les ennemis : son corps ne fait plus qu'un avec la pierre et les rochers. Ses doigts écartés s'agrippent à la montagne, ses orteils trouvent des appuis. Dans la scène du meurtre il se transforme en prédateur, en chat sauvage.

Les deux chapitres consacrent donc une métamorphose de Kino en animal dirigé par ses instincts. Elle s'effectue cependant sur le plan du corps (effort physique) plus que sur le plan de l'esprit, qui reste humain par ses rêves, sa prise en considération de Juana et de l'enfant et par sa capacité de projection (Kino calcule mieux qu'un animal, anticipe davantage ou se masse pour éviter les crampes…). Le roman nous le montre en réalité possédé par Pan*, mi-homme, mi-bête, dominé, certes, par les pulsions animales (la musique du mal), mais homme tout de même par sa force d'esprit et d'âme.

2 – Les relations qui unissent Kino à son frère sont fortes et solides mais elles évoluent au cours de l'aventure du jeune Indien. Les deux frères sont solidaires et s'entraident : Kino reçoit ainsi l'appui de son frère à plusieurs reprises. Juan Tômas l'accompagne chez le marchand de perles et lui prodigue des conseils avec beaucoup de fébrilité. Il tire ensuite les grandes conclusions de l'échec : Kino a remis en cause le système, il n'aura peut-être pas tous les soutiens qu'il mérite car les gens pensent à eux-mêmes avant d'être généreux. Il fait entendre la voix collective de la sagesse : la perle est maudite, il faut la rejeter ou la vendre. Lorsque Kino veut fuir, son frère le cache, fait courir le mensonge de sa mort et lui donne des vivres. Mais, au moment du départ, les adieux paraissent ambigus à Kino : le jeune Indien a compris qu'on ne le cacherait pas longtemps par crainte des représailles. Son frère lui suggère que sa fuite est vaine et qu'il faut abandonner la perle. Malgré les marques d'affection (embrassade et étreinte), la bénédiction « sonne comme la mort » parce que Juan Tômas sait que l'entreprise de son frère est vouée à l'échec et qu'il a peur pour sa propre tranquillité. Ce personnage représente l'aîné plus sage que le cadet impulsif. Il est un soutien solide mais leurs destinées sont dissemblables : Kino est touché par la fatalité et il lui faudra affronter seul cette tragique « élection ». Au retour le geste d'accueil est artificiel : la distance entre les deux hommes est consacrée, désormais Kino appartient à un autre monde, qui est étranger à la société paisible et résignée du village que représente Juan Tômas.

3 – Le geste de Juana est étrange et peut surprendre. Comment expliquer ce revirement ? Il y a d'abord les circonstances : elle songe à jeter la perle mais elle aperçoit Kino attaqué et se dirige en courant vers lui. On peut aussi imaginer qu'elle sait combien la perle compte pour Kino et elle va le consoler car il est désespéré comme un enfant par la perte de son trésor. Plus sûrement, elle obéit à Kino, qui lui a rappelé violemment qui décide et qui est le « maître ». Son admiration pour son mari se double d'une obéissance aveugle. Enfin, on peut imaginer que Juana se plie moins à la décision de son mari qu'aux forces occultes du destin. Ainsi doit-il en être : le « hasard » lui a fait retrouver la perle et, après quelques hésitations, elle pense sans doute que les choses doivent continuer à se dérouler sans qu'on cherche à les entraver.

4 – La phrase suggère que Kino est possédé par la perle, qu'elle lui a pris son esprit (ou son âme) et qu'elle est désormais la maîtresse de sa destinée. Leurs sorts sont liés comme par un pacte avec le diable : il ne peut abandonner la perle sans se trahir lui-même; les paroles qu'il a prononcées le soir devant le foyer l'ont à ses yeux engagé définitivement.

5 – Kino part d'abord vers le nord, vers la montagne, pour trouver d'autres villes où il pourra vendre la perle. La fuite du couple débute un soir, ils marchent toute la nuit et se reposent une partie du jour suivant. À la fin de sa sieste, le jeune Indien aperçoit les pisteurs. Il les laisse les dépasser et poursuit de jour vers les montagnes dans un milieu aride et hostile. Le soir, ils sont à l'abri d'un pic et boivent dans un point d'eau. Comme ils vont être bientôt rattrapés par les ennemis, ils piquent vers l'ouest où, plus haut, se trouvent des grottes. La nuit, Kino assassine les trois hommes tandis que Coyotito meurt. Le lendemain, le couple redescend vers le sud, le village, qu'il atteint à la fin de l'après-midi. Le cheminement aura duré environ deux jours et deux nuits et aura suivi la course du soleil de l'est au couchant à l'ouest, et du sud au nord. On peut essayer d'interpréter ces directions sur le plan symbolique : on meurt au nord sous la lumière de la lune, on revit ou survit au sud au levant du soleil (voir le premier chapitre).

Grammaire et lexique

6 – Début de correction : « Fébrilement, je rassemblai les gourdes et les petits sacs qui composaient tout notre bien. Je pris un paquet à la main gauche, mais le grand couteau se balançait librement dans ma main droite. [...] »

7 – Adjectifs qualificatifs épithètes du nom : grasses (plantes); profondes (racines), petits (cubes), plates (dalles), petites (touffes), sèches, misérables (herbes), seule (pluie), cornus (crapauds), petites (têtes), énorme (lapin), voisine (roche), implacable (chaleur), désertique (campagne).

Adjectifs qualificatifs attributs du sujet : nécessaire (qui), fraîches et accueillantes (montagnes).

Participes passés pris comme adjectifs, épithètes du nom : desséché (pays), cassées, brisées (pierres), arrondies (dalles), née (herbe).

Participe passé pris comme adjectif apposé au nom : arraché (lapin).

Glossaire

Allégorie : description ou récit qui, pour évoquer une idée générale ou abstraite, passe par une représentation concrète de la réalité. Ainsi l'objet concret qu'est la perle peut-il être l'allégorie du Mal ou du Destin, qui sont des idées abstraites difficiles à représenter.

Analogie : relation qu'on établit par l'imagination entre des objets en raison de leurs points communs ou de leurs ressemblances. Dans *La Perle*, Steinbeck exploite les analogies entre le monde des hommes et celui des animaux.

Anaphore : procédé rhétorique qui vise à reprendre le même mot ou la même expression au début de chaque phrase ou de segment de phrase.

Anthropologie : science de l'homme selon divers points de vue, telles l'anatomie, la biologie mais aussi les cultures ou les croyances.

Anthropomorphisme : fait de représenter des dieux sous la même apparence que les êtres humains. Plus généralement, tendance que les hommes ont à se projeter sur le monde animal ou végétal en leur attribuant leurs sentiments ou leurs émotions. Par exemple, la tempête peut renvoyer à la colère, la pluie à la tristesse.

Aphorisme : proposition concise résumant un point essentiel d'une théorie ou d'une morale.

Capitalisme : système social, politique et économique qui repose sur l'initiative privée des individus et sur l'économie de marché. Le pouvoir de décision, les richesses et les moyens de les produire (usines, entreprises, terres) sont possédés par ceux qui investissent l'argent et non par ceux qui travaillent. Steinbeck critique ce système qui exploite injustement le travail des pauvres (des pêcheurs), les cantonne dans la misère et les empêche d'accéder au savoir ou d'améliorer leur condition.

Codex : mot latin qui désigne un recueil de connaissances et de savoirs sur un sujet donné (justice, médecine, religion...), rédigé sur un parchemin. En Amérique latine, le codex est un texte illustré portant sur les mythes et les croyances des Indiens (mayas ou aztèques) et qui se replie comme un accordéon.

Dogme : principe rigide établi par une Église et qui vaut comme règle absolue. Ce qui est dogmatique ne peut être contredit ni contesté.

Esthétique : terme d'origine grecque qui désigne le savoir sur les sentiments et les sensations. Par généralisation c'est l'ensemble des conceptions artistiques et des procédés techniques qu'un écrivain utilise et qui forment son style littéraire.

Excipit : texte qui sert de conclusion au récit; c'est le pendant de l'**incipit**, qui débute le récit. Ils correspondent en général au premier et au dernier chapitre.

Focalisation : terme technique pour désigner le point de vue à partir duquel est racontée ou décrite une scène. On peut raconter l'histoire en variant la nature de ce point de vue :

– focalisation **omnisciente** : le narrateur sait tout sur tous les personnages (y compris ce qu'ils pensent ou ont vécu avant l'histoire) et les implications du récit. Dans ce cas, il est semblable à l'auteur du récit, il est omniscient, c'est-à-dire qu'il sait tout;

– focalisation **interne** : le narrateur est un des personnages de la scène. Il ne peut dans ce cas raconter que ce dont il est témoin ou qu'on lui a raconté. Il peut donner sa propre interprétation subjective des faits, mais ne peut nous dire ce qu'il ignore (ce que pensent les autres personnages, par exemple) ou n'a pas vu.

– focalisation **externe** : le narrateur n'est pas un personnage du récit et se refuse à commenter la scène. Il se contente alors de la retranscrire de façon neutre, sans interprétation, sans donner d'informations sur ce que pensent les personnages. Ceux-ci semblent des étrangers qu'on voit seulement agir de « l'extérieur ».

Griot : poète et musicien ambulant en Afrique de l'Ouest. Le griot est traditionnellement un conteur autour duquel le village se réunit pour entendre des histoires.
Incipit : voir **Excipit**.
Manichéisme : à l'origine le manichéisme est une doctrine religieuse professée en Perse par Manès. Cette doctrine a pour principe essentiel de séparer de façon absolue – et parfois simpliste – le Bien et le Mal dans toute action considérée.
Métaphore : figure de style qui consiste à remplacer un mot par un autre par l'effet d'une comparaison qui est sous-entendue. Alors que, dans la comparaison, on repère les deux termes qui sont mis en relation par un comparant (comme, semblable à), dans la métaphore on ne dispose que du second terme et la comparaison est implicite. Exemple : le printemps de la vie. On compare la vie à une succession de saisons : le printemps correspond à la jeunesse tandis que l'été désigne la maturité, l'automne, le déclin et l'hiver, la vieillesse.
Métonymie : figure de style qui permet de nommer un objet ou un être par le biais d'un autre objet, qui entretient une relation avec le premier. Cette relation peut être la cause pour l'effet, la partie pour le tout, le contenant pour le contenu. Dans le cas du mot « perle », l'étymologie nous montre qu'on est passé du contenant (le coquillage qui s'appelait « perle ») au contenu (c'est-à-dire la perle que le coquillage a fabriquée).
Narration : voir **Focalisation**.
Onirique : qui est semblable à un rêve, ou qui se rapporte à un rêve. Un monde onirique est un univers qui est si étrange qu'il rappelle celui des rêves.
Pan (« Tout » en grec) : c'est le dieu grec des troupeaux, des champs et des bergers. Il est en général représenté avec une flûte faite de roseaux. Très violent, il a la réputation d'accompagner les guerriers pour terrifier leurs ennemis. D'où l'expression « peur panique ». On l'honorait avec des sacrifices humains.
Personnification : figure de style proche de l'**allégorie** qui permet de représenter sous une apparence humaine un objet, une qualité morale ou une valeur.
Point de vue : voir **Focalisation**.

Tragédie : genre théâtral qui a été inventé dans l'Antiquité par les Grecs. La tragédie est en principe rédigée en vers et représente des personnages héroïques (souvent nobles) qui ont à subir des situations de conflit et des épreuves exceptionnelles envoyées par les dieux. Cette représentation de destins souvent brisés par l'épreuve et des grands sacrifices faits pour la surmonter suscite à la fois la pitié et la terreur, qui sont les deux principes fondamentaux du tragique.

Bibliographie

Sur La Perle

René Coppolani commente *La Perle* de John Steinbeck, Gallimard, coll. Folioplus, 1998.

Dans la collection « 1000 Soleils » vous pourrez consulter des schémas intéressants qui indiquent comment Kino pêche et comment se forme une perle (Gallimard, 1975).

Sur Steinbeck

D'autres ouvrages de Steinbeck vous aideront à comprendre mieux *La Perle* :

Dans la mer de Cortez, trad. Rosine Fitzgerald, Actes Sud, 1989.

Rue de la Sardine, trad. Magdeleine Paz, Gallimard, Folio, n° 787, 1974.

Le Poney rouge, trad. Marcel Duhamel et Max Morise, Gallimard, Folio junior, n° 438, 1997.

Des souris et des hommes, trad. Maurice-Edgar Coindreau, Gallimard, Folioplus classiques, n° 47, 2005.

Les Raisins de la colère, trad. Marcel Duhamel et Maurice-Edgar Coindreau, Gallimard, Folio, n° 83, 1972. Ce dernier ouvrage est commenté dans la collection Foliothèque (Gallimard, 1998) par Marie-Christine Lemardeley-Cunci.

TABLE DES MATIÈRES

Dans la même collection

Collège – Texte et dossier

L'art du discours (anthologie) (203)
La Bible (textes choisis) (73)
50 poèmes en prose (anthologie) (113)
La création du monde (anthologie) (163)
Dracula et compagnie (9 nouvelles) (162)
La farce de maître Pathelin (117)
Le ghetto de Varsovie (anthologie) (133)
Lettres de 14-18 (anthologie) (156)
Les mille et une nuits (textes choisis) (161)
Le plaisir de la lecture (anthologie) (184)
La poésie engagée (anthologie) (68)
La poésie lyrique (anthologie) (91)
Le roman de Renart (textes choisis) (114)
Rome (anthologie bilingue) (118)
Victor Hugo, une légende du 19e siècle (anthologie) (83)
25 fabliaux (74)
Voyage au pays des contes (anthologie) (172)
Homère, Virgile, Ovide – **L'Antiquité** (textes choisis) (16)
Alphonse Allais, Marcel Aymé, Eugène Ionesco – **3 nouvelles comiques** (195)
Guillaume Apollinaire – **Calligrammes** (107)
Marcel Aymé – **Les contes du chat perché** (contes choisis) (55)
Honoré de Balzac – **La maison du Chat-qui-Pelote** (134)
Honoré de Balzac – **La vendetta** (69)
Pierre-Marie Beaude – **La maison des Lointains** (142)
Robert Bober – **Quoi de neuf sur la guerre ?** (56)
Robert de Boron – **Merlin** (textes choisis) (164)
Évelyne Brisou-Pellen – **Le fantôme de maître Guillemin** (18)
Alejo Carpentier, Yukio Mishima, Ray Bradbury – **3 nouvelles étrangères** (196)
Blaise Cendrars – **L'or** (135)
Jules César – **La guerre des Gaules** (192)
Raymond Chandler – **Sur un air de navaja** (136)
Chrétien de Troyes – **Le chevalier au lion** (65)
Arthur Conan Doyle – **Le chien des Baskerville** (75)
Pierre Corneille – **La place royale** (124)
Pierre Corneille – **Le Cid** (7)
Jean-Louis Curtis, Harry Harrison, Kit Reed – **3 nouvelles de l'an 2000** (43)
Didier Daeninckx, Chantal Pelletier, Jean-Bernard Pouy – **3 nouvelles noires** (194)

Didier Daeninckx – **Meurtres pour mémoire** (35)
Roald Dahl- – **Escadrille 80** (105)
Alphonse Daudet – **Lettres de mon moulin** (42)
Michel Déon – **Thomas et l'infini** (103)
Régine Detambel – **Les contes d'Apothicaire** (2)
André Dhôtel – **Un adieu, mille adieux** (111)
François Dimberton, Dominique Hé – **Coup de théâtre sur le Nil** (41)
Alexandre Dumas – **La femme au collier de velours** (57)
Georges Feydeau – **Feu la mère de Madame** (47)
Émile Gaboriau – **Le petit vieux des Batignolles** (80)
Romain Gary – **La vie devant soi** (102)
Théophile Gautier – **Le roman de la momie** (157)
William Golding – **Sa Majesté des Mouches** (97)
Victor Hugo – **L'intervention** (119)
Franz Kafka – **La métamorphose** (128)
Eugène Labiche – **Un chapeau de paille d'Italie** (17)
Jean de La Fontaine – **Fables** (choix de fables) (52)
J.M.G. Le Clézio – **Pawana** (112)
Gaston Leroux – **Le cœur cambriolé** (115)
Virginie Lou – **Un papillon dans la peau** (166)
Marie de France – **Lais** (146)
Marivaux – **Arlequin poli par l'amour** et **La surprise de l'amour** (152)
Guy de Maupassant – **13 histoires vraies** (44)
Prosper Mérimée et *Théophile Gautier* – **Carmen** et **Militona** (158)
Prosper Mérimée – **Mateo Falcone** et **La Vénus d'Ille** (76)
Molière – **George Dandin** (87)
Molière – **L'Avare** (66)
Molière – **Le bourgeois gentilhomme** (33)
Molière – **Le malade imaginaire** (110)
Molière – **Le médecin malgré lui** (3)
Molière – **Les femmes savantes** (34)
Molière – **Les fourberies de Scapin** (4)
Jean Molla – **Sobibor** (183)
James Morrow – **Cité de vérité** (6)
Arto Paasilinna – **Le lièvre de Vatanen** (138)
Charles Perrault – **Histoires ou contes du temps passé** (30)
Marco Polo – **Le devisement du monde** (textes choisis) (1)
René Réouven – **3 histoires secrètes de Sherlock Holmes** (175)
Arthur Rimbaud – **Poèmes et correspondance choisis (1870-1891)** (199)
Jules Romains – **Knock** (5)

Edmond Rostand – **Cyrano de Bergerac** (130)
Antoine de Saint-Exupéry – **Lettre à un otage** (123)
George Sand – **La petite Fadette** (51)
Jorge Semprun – **Le mort qu'il faut** (122)
John Steinbeck – **La perle** (165)
Robert Louis Stevenson – **L'île au trésor** (32)
Jonathan Swift – **Voyage à Lilliput** (31)
Michel Tournier – **Les Rois mages** (106)
Paul Verlaine – **Romances sans paroles** (67)
Jules Verne – **Le château des Carpathes** (143)
Voltaire – **Zadig** (8)
Émile Zola – **J'accuse !** (109)

Lycée – Texte et dossier

128 poèmes composés en langue française, de Guillaume Apollinaire à 1968 (anthologie de Jacques Roubaud) (82)
Le comique (registre) (99)
Le dialogue (anthologie) (154)
Le didactique (registre) (92)
Écrire des rêves (anthologie) (190)
L'épique (registre) (95)
La forme brève (anthologie) (168)
Les mémoires (anthologie) (198)
New York (anthologic) (177)
Le personnage de roman (anthologie) (200)
La photographie et l'(auto)biographie (anthologie) (132)
Portraits et autoportraits (anthologie) (101)
Pratiques oulipiennes (anthologie) (147)
Le satirique (registre) (93)
Le tragique (registre) (96)
3 questions de dramaturgie (anthologie) (129)
Abbé Prévost – **Manon Lescaut** (159)
Guillaume Apollinaire – **Alcools** (21)
Louis Aragon – **Le paysan de Paris** (137)
Honoré de Balzac – **Ferragus** (10)
Honoré de Balzac – **Mémoires de deux jeunes mariées** (100)
Honoré de Balzac – **Le père Goriot** (59)
Honoré de Balzac, Théophile Gautier, Alfred de Musset – **Le peintre et son modèle** (173)
Jules Barbey d'Aurevilly – **3 diaboliques** (155)

Jules Barbey d'Aurevilly – **Le chevalier des Touches** (22)
Charles Baudelaire – **Les Fleurs du Mal** (38)
Charles Baudelaire – **Le spleen de Paris** (64)
Beaumarchais – **Le mariage de Figaro** (28)
Béroul – **Tristan et Yseut** (mythe) (63)
Albert Camus – **Le premier homme** (160)
Emmanuel Carrère – **L'Adversaire** (120)
François-René de Chateaubriand – **Les aventures du dernier Abencerage** (170)
Chrétien de Troyes – **Perceval ou Le Conte du Graal** (125)
Pierre Corneille – **L'illusion comique** (45)
Dai Sijie – **Balzac et la petite tailleuse chinoise** (167)
Robert Desnos – **Corps et biens** (153)
Denis Diderot – **Jacques le fataliste et son maître** (149)
Denis Diderot – **Supplément au voyage de Bougainville** (104)
Annie Ernaux – **Une femme** (88)
Fénelon – **Les Aventures de Télémaque** (116)
Gustave Flaubert – **Un cœur simple** (58)
Jérôme Garcin – **La chute de cheval** (145)
Théophile Gautier – **Contes fantastiques** (36)
Jean Genet – **Les bonnes** (121)
André Gide – **La porte étroite** (50)
André Gide, Catherine Pozzi, Jules Renard – **3 journaux intimes** (186)
Jean Giono – **Un roi sans divertissement** (126)
Goethe – **Faust** (mythe) (94)
Nicolas Gogol – **Nouvelles de Pétersbourg** (14)
J.-C. Grumberg, P. Minyana, N. Renaude – **3 pièces contemporaines** (89)
Guilleragues – **Lettres portugaises** (171)
E.T.A. Hoffmann – **L'homme au sable** (108)
Victor Hugo – **Les châtiments** (13)
Victor Hugo – **Le dernier jour d'un condamné** (46)
Eugène Ionesco – **La cantatrice chauve** (11)
Sébastien Japrisot – **Piège pour Cendrillon** (39)
Alfred Jarry – **Ubu roi** (60)
Thierry Jonquet – **La bête et la belle** (12)
Franz Kafka – **Le procès** (140)
Madame de Lafayette – **La princesse de Clèves** (86)
Jean Lorrain – **Princesses d'ivoire et d'ivresse** (98)
Naguib Mahfouz – **La Belle du Caire** (148)
Marivaux – **Le jeu de l'amour et du hasard** (9)
Roger Martin du Gard – **Le cahier gris** (53)

Guy de Maupassant – **Bel-Ami** (27)
Guy de Maupassant – **Une vie** (26)
Henri Michaux – **La nuit remue** (90)
Patrick Modiano – **Dora Bruder** (144)
Patrick Modiano, Marie Ndiaye, Alain Spiess – **3 nouvelles contemporaines** (174)
Molière – **Dom Juan** (mythe et réécritures) (84)
Molière – **L'école des femmes** (71)
Molière – **Le Misanthrope** (61)
Molière – **Le Tartuffe** (54)
Montaigne – **De l'expérience** (85)
Montesquieu – **Lettres persanes** (lettres choisies) (37)
Alfred de Musset – **On ne badine pas avec l'amour** (77)
Franck Pavloff – **Après moi, Hiroshima** (127)
Marcel Proust – **Combray** (131)
Raymond Queneau – **Les fleurs bleues** (29)
Raymond Queneau – **Loin de Rueil** (40)
Jean Racine – **Andromaque** (70)
Jean Racine – **Bérénice** (72)
Jean Racine – **Britannicus** (20)
Jean Racine – **Phèdre** (25)
Jean Renoir – **La règle du jeu** (15)
Shan Sa – **La joueuse de go** (150)
Nathalie Sarraute – **Pour un oui ou pour un non** (185)
William Shakespeare – **Roméo et Juliette** (78)
Georges Simenon – **La vérité sur Bébé Donge** (23)
Catherine Simon – **Un baiser sans moustache** (81)
Sophocle – **Œdipe roi** (mythe) (62)
Stendhal – **Le rouge et le noir** (24)
Stendhal – **Vanina Vanini, Mina de Vanghel, Les Cenci** (141)
Anton Tchekhov – **La cerisaie** (151)
Émile Verhaeren – **Les villes tentaculaires** (178)
Villiers de l'Isle-Adam – **12 contes cruels** (79)
Voltaire – **Candide** (48)
Francis Walder – **Saint-Germain ou La négociation** (139)
François Weyergans – **Macaire le copte** (176)
Émile Zola – **La curée** (19)
Émile Zola – **Au Bonheur des Dames** (49)

Lycée – En perspective

Pour plus d'informations :
http://www.gallimard.fr
ou
La bibliothèque Gallimard
5, rue Sébastien-Bottin – 75328 Paris cedex 07

Cet ouvrage a été composé
et mis en pages par In Folio à Paris,
achevé d'imprimer par Hérissey
à Évreux (Eure)
en octobre 2011 - N° 117553
Imprimé en France.

Dépôt légal : octobre 2011.
Premier dépôt légal : octobre 2005.
ISBN : 978-2-07-030629-9.

239287